VICTORIA BLACK

IL DIAMANTE DELLA NOTTE

Harriet Muncaster

Victoria Black
Il diamante della notte

Traduzione di Maria Roberta Cattano

DeA

Titolo originale: *Victoria Stitch Bad and Glittering*
Traduzione dall'inglese: Maria Roberta Cattano

Victoria Stitch Bad and Glittering was originally published in English in 2020. This translation in published by arrangement with Oxford University Press.

Via Inverigo, 2 – 20151 Milano
www.deaplanetalibri.it

Stampa: La Tipografica Varese S.r.l. – Varese, 2021

Gira pagina
per immergerti in una storia
estremamente avvincente e piena
di tradimenti, rivalità tra sorelle
e una lotta per la conquista
del trono!

Caro umano,

con molta probabilità non avrai mai sentito parlare di me.

Ma è tempo che tu sappia chi sono!

Mi chiamo Victoria Black e sono una principessa! Infatti, sono la prima nella linea di successione al trono di Selva Spirilla. O almeno, dovrei esserlo!!!

Se le autorità dissennate non si fossero espresse diversamente. Tu hai la possibilità di leggere tutta la mia storia in questo libro dal titolo

Il Diamante della notte, scritto da Harriet Muncaster (chiunque essa sia). Tutto il libro parla di ME! La mia sorella gemella, Celestine, compare in un piccolo cameo, però il libro parla soprattutto di ME!

Spero che ti piaccia.

Con affetto e un po' di polvere di diamante,

Victoria Black (futura regina di Selva Spirilla)

SELVA SPIRILLA

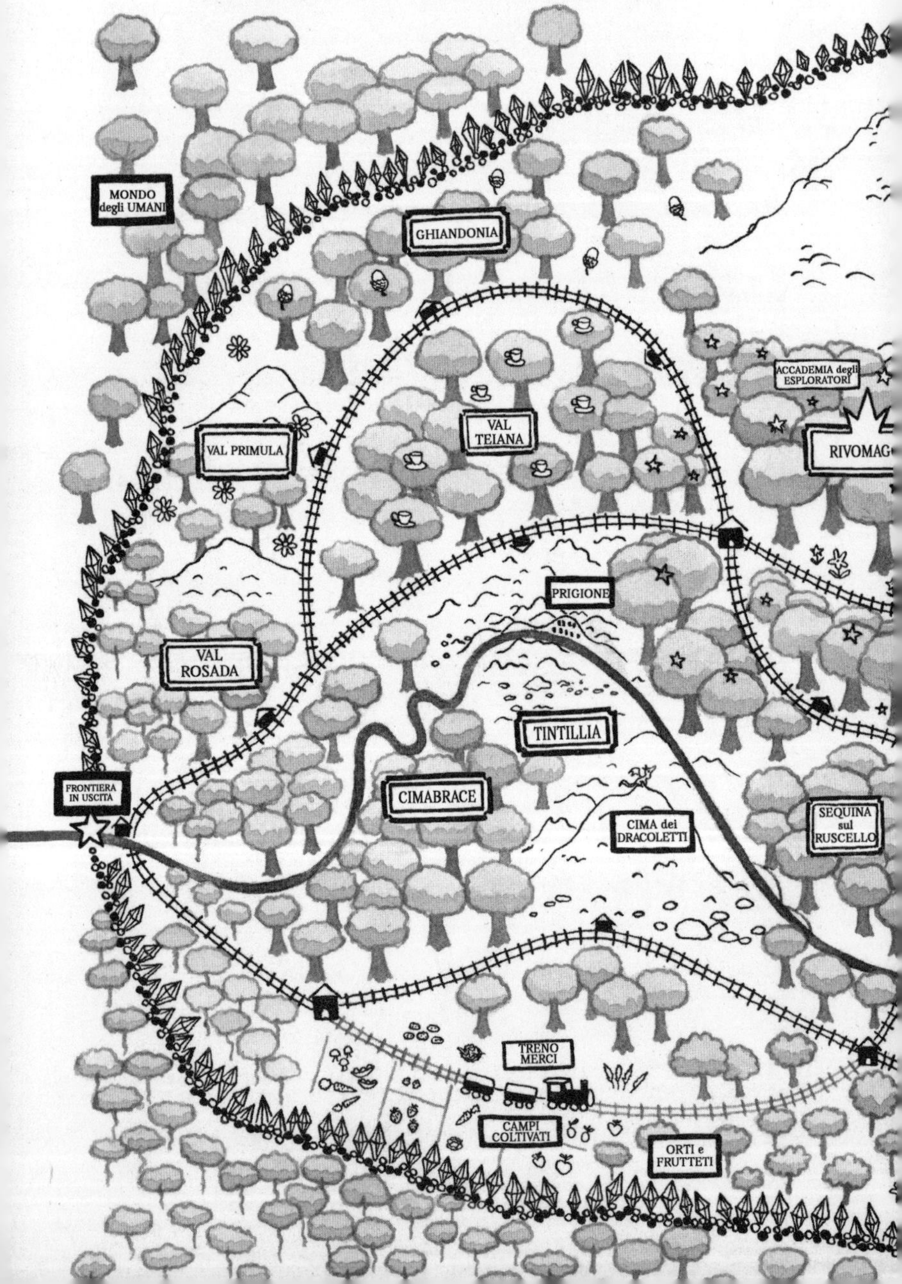

N
O
E
S
MONDO degli UMANI
MONTE SPIRILLO
CANTERINO
GROTTA dei CRISTALLI
IL NORD
LUNA FUCSIA
FRONTIERA IN ENTRATA
SALTATICCHIO
NEROCHINA
CROCCOLO
IL NORD
SPIRILLIA
TORMALINA
POGGIO NOCCIOLA
VAL FLORISTELLA
DISTRETTO FLORIS
TEATRO
CADEMIA
E di DANZA
MONDO degli UMANI

A Victoria Black,
che andrebbe su tutte le furie se questo
libro venisse dedicato a chiunque altro.

Prologo

Il Custode dei Cristalli scrutò il diamante, che adesso era grande come una ghianda, e si meravigliò nel vedere due forme sfocate al suo interno. Era lì che lo fissava quando notò qualcosa di strano. Proprio sotto la superficie gelida c'era una inconfondibile striscia scura.

«Oh, no, un'impurità!» sussurrò. Il cuore gli batté forte ed estrasse la lente d'ingrandimento per osservare meglio. Un fenomeno simile non aveva precedenti nei diamanti reali: che cosa poteva significare? Doveva informare all'istante le autorità.

E così, a Selva Spirilla si scatenò un lungo dibattito sul da farsi.

«È impuro» dichiarò Lord Astrofelio. «Le creature gemelle, racchiuse al suo interno, non possono essere considerate di stirpe reale.»

«Ma si tratta pur sempre di un diamante» argomentò un gruppo di esponenti delle alte cariche. «E la loro formazione non capita spesso.»

Purtroppo, con la crescita del diamante anche il segno diventò sempre più grande e scuro, fino ad apparire come una stria lunga e nera, che lo attraversava esattamente a metà. Lord Astrofelio sentenziò che era di cattivo auspicio e ben presto tutti furono d'accordo con lui.

Nella fatidica notte in cui il diamante cominciò a schiudersi, si scatenò un tremendo temporale. Fuori dalla Grotta dei Cristalli il cielo era cupo, come se qualcuno vi avesse spruzzato una gran quantità di inchiostro viola. Gocce gonfie di pioggia scoppiavano una volta toccata terra e una grande luna rosso ciliegia sovrastava la foresta, gettando un bagliore sinistro sugli alberi. Esplose un tuono e la grotta si illuminò all'improvviso per il lampo che seguì. Tutti i cristalli brillarono di una luce intensissima. Poi, un altro tuono attraversò fragorosamente il cielo, la cavità fu di nuovo illuminata e il diamante si schiuse del tutto.

Il Custode dei Cristalli balzò in avanti per afferrare al volo le due creature che caddero una dopo l'altra, avvolte da una nube di preziosissima polvere brillante, quindi si ritrasse di qualche passo, per evitare i frammenti di diamante che cadevano sul pavimento.

Abbassò lo sguardo sui due fagottini che reggeva in braccio e rimase turbato nel constatare la loro diversità. La gemella che era nata per seconda, infatti, era una piccolina dall'aria dolce con ciuffi di capelli biondo argentato e con ciglia lunghe che sporgevano dagli angoli degli occhi come baffi, il chiaro indizio che si trattava di una femminuccia. Quella che era caduta per prima, invece, pur avendo anche lei ciglia lunghissime, era bianca come il ghiaccio e i suoi capelli erano neri come il carbone. Al posto di un placido sorriso, aveva un'espressionc imbronciata.

Il Custode dei Cristalli scrutò attorno a sé i frammenti del diamante impuro, che brillavano sul pavimento, e tremò, scosso da un brutto presentimento.

Capitolo 1

Celestine scrutò il fondo alla classe, dove Victoria Black era seduta accoccolata con le gambe ossute e pallide raccolte sulla sedia. Non ascoltava neanche una parola di ciò che la signora Biancospino stava spiegando. Era completamente immersa nelle sue fantasie e probabilmente stava disegnando sul quaderno corone tempestate di diamanti. Celestine riuscì a sentire il raschio energico della penna della sorella sulla pagina, calcata apposta per scalfire con una stria lunga, sottile e nera ogni cristallo.

«È necessario» stava spiegando la signora Biancospino «che spediate le vostre lettere di apprendistato prima del ballo di fine anno, tra tre settimane. Altrimenti, potreste scoprire di non avere ottenuto un posto da nessuna parte.» I suoi occhiali, impreziositi da brillantini, scintillarono alla luce del sole pomeridiano nell'attimo in cui lei alzò lo sguardo verso l'orologio appeso alla parete.

«Oh, oggi è Floredì» aggiunse «quindi potete uscire prima.»

Si udì un sospiro di sollievo generale e gli spirilli cominciarono a mettere via libri e penne. Era una giornata afosa, di quelle così calde da rendere la pelle appiccicaticcia e l'umore un po' ballerino.

«Andiamo al ruscello» propose Tiska.

«Bella idea» replicò Tilla. «Ho anche il costume.»

Celestine tornò a guardare la gemella. Victoria Black vestiva benissimo, indossava un abitino nero e un mantello di tulle con il cappuccio dello stesso colore, punteggiato di minuscole stelline scintillanti, e in testa portava una corona d'argento con le punte ben allungate.

«Victoria Black, vuoi venire al ruscello?» le domandò Celestine, speranzosa. Ma in cuor suo conosceva già la risposta. Era quasi inutile chiedere.

«No, grazie.»

Victoria Black inforcò lo zaino di velluto nero in spalla e marciò verso la porta, il mantello si gonfiò dietro di lei in un fluido luccichio.

Tiska roteò gli occhi.

«Sua *Maestà*» la prese in giro qualcuno e, mentre Victoria Black sfrecciava fuori dalla stanza, Celestine notò in lei un leggero sussulto.

Celestine e le sue amiche uscirono alla luce del sole. Procedendo a serpentina tra gli alberi, camminarono verso il ruscello. La pelle verde chiaro di Tiska riluceva per il caldo.

«Sto bollendo!» esclamò.

«Anch'io» concordò Tilla e, senza fermarsi, si raccolse i capelli e li attorcigliò a spirale sopra la testa, facendoli sembrare tutt'a un tratto un ciuffo di panna color lillà.

«Comincerò a scrivere le mie lettere domani» disse Celestine. «Spero tanto di riuscire a svolgere l'apprendistato da un gioielliere!»

«Sono certa che ce la farai» commentò Tilla con tono incoraggiante. «Hai un talento naturale. Adoro alla follia la collana che hai realizzato per me» con la mano si toccò le delicate violette di ametista che portava al collo. Non se ne separava mai, tranne quando ballava. Tilla infatti adorava danzare e aveva già accettato un posto all'Accademia Reale di Danza degli Spirilli, nel Distretto Floris, per l'anno successivo.

Tiska sospirò e un soffio di vento le scompigliò i lunghi capelli verdi.

«Non vedo l'ora che la scuola finisca!» dichiarò. «Voglio assolutamente ottenere il mio patentino di esploratore, così potrò partire per il mondo degli umani e andare a vedere il mare!»

A Celestine venne la pelle d'oca anche se faceva caldissimo. Avevano appreso del mondo degli umani a scuola: esistevano forme di vita gigantesche che vivevano nel grande mare salato, pesci enormi con grandissime pinne e una sfilza di denti aguzzi e affilati, animali che avrebbero potuto ingoiarle in un sol boccone. Tiska non smetteva mai di parlare di quanto desiderasse visitare quel mondo.

Svoltato l'angolo, finalmente, ecco apparire il ruscello dalle acque argentine e luccicanti nella luce dorata del pomeriggio. Lo ridiscesero superando macchie d'erba e di fiori selvatici più alti di loro fino a quando non giunsero a una radura deserta con una spiaggetta di sabbia. Per arrivarci si erano arrampicate su un rialzo roccioso. Appena Tiska fu vicina alla riva, si tolse il vestito, corse in acqua e immerse la testa, facendo ondeggiare i lunghi capelli verdi come alghe.

Era proprio una creatura selvaggia, inarrestabile.

Celestine scivolò dietro una grande foglia che cadeva ricurva sulle rocce e indossò il suo costume di petali floreali. Poi seguì Tiska, immergendo la testa sott'acqua. Sotto la superficie, il mondo acquatico appariva sfocato. Sul fondale sabbioso giacevano perle levigate e tra esse si trovava qualche sporadico cristallo. Celestine collezionava cristalli d'acqua per inserirli nelle collane o nei braccialetti che creava. Così, cominciò le sue immersioni per raccoglierli fino a riempire il pugno: erano rossi come angurie, gialli come limoni e bluastri come sangue. Quando uscì dall'acqua, ancora grondante, andò a depositare il suo tesoro sulla sabbia. Così facendo, notò un'ombra che si allungava sopra di lei. Nell'alzare lo sguardo scorse una sagoma in piedi sul rialzo roccioso.

«Siete nella nostra spiaggia» sentenziò una spirilla.

«Che cosa vuol dire?» chiese Celestine. «Noi veniamo sempre qui.»

«Anche noi» replicò la spirilla, cominciando la sua discesa dalle rocce. «È il nostro posto.»

«È il posto di tutti!» gridò Tiska, ancora in acqua. E di proposito sferrò dei calci alla superficie facendo esplodere una cascata di goccioline per aria: sembrava polvere dorata sotto i raggi del sole pomeridiano.

Intanto la spirilla raggiunse la spiaggia e Celestine

notò che anche una femmina e un maschio erano apparsi in cima al rialzo, pronti a seguire la loro amica. Il maschio aveva tre dracoletti che gli svolazzavano intorno alle spalle. Alcuni spirilli adoravano tenerli come animali da compagnia.

«Da quale distretto venite?» chiese la prima spirilla.

«Saltaticchio» rispose Celestine. «Andiamo alla scuola Nerochina.»

Tiska uscì dall'acqua, avanzò con passo deciso e poggiò le mani sui fianchi. «Allora, chi sei?» chiese.

«Ruby» rispose l'altra. «Noi andiamo alla Tormalina.» Alzò il mento e fissò con aria di sfida Tiska. Era leggermente più alta e i capelli neri e spettinati le ricadevano sugli occhi, dai contorni spigolosi. Indossava un orecchino a cerchio in un lobo dell'orecchio puntuto e una fila di cinque cerchietti nell'altro. Sulle braccia aveva dei tatuaggi con nuvole cariche di tempesta, pioggia e lampi. Scrutava Tiska con una certa arroganza e Celestine sentì battere forte il cuore. Anche lei era una creatura selvaggia.

«Quindi, ve ne andate?» chiese Ruby.

«No» replicò Tiska stringendo gli occhi. «Perché non venite a nuotare?»

«Lo faremo» confermò l'altra. «Appena ve ne sarete andate.»

«Dai Tiska, torniamo a casa» la esortò Tilla, che in fretta e furia stava raccogliendo le sue cose e cercando, allo stesso tempo, di asciugarsi.

«Noi non andiamo da nessuna parte» dichiarò Tiska. Fece dietro front tornando al ruscello. I lunghi capelli color verde smeraldo le si erano appiccicati alla schiena e le sue antenne sfrigolavano di scintille verdi. Con un tonfo, si lasciò cadere all'indietro nell'acqua e rimase a galla, facendo il morto. Ruby la guardò con crescente irritazione e poi cominciò a togliersi vestiti e scarpe. Mentre si scagliava nel ruscello, anche le sue antenne sprizzavano scintille. Subito, Tiska scivolò sott'acqua.

«Ruby non la prenderà mai» disse Celestine ai due sconosciuti. «Nessuno nuota alla velocità di Tiska.»

«È vero» concordò Tilla con franchezza.

Tutti e quattro rimasero a osservare lo strano gioco ad acchiappino di Ruby e Tiska. Poi, il tipo della Tormalina si allontanò in cerca di qualche ramoscello per accendere un falò, lasciandosi le ragazze alle spalle.

«Spesso accendiamo un fuoco sulla spiaggia» spiegò l'altra, che si chiamava Dorina. «È per questo che è il nostro posto.»

«Ah» replicò Celestine.

«Voglio dire, è quello che dice Ruby... A me non importa poi tanto. E neanche a Burnetto» aggiunse Dorina scrollando le spalle. «Possiamo condividerlo.» Si sedette sulla sabbia e Celestine e Tilla la imitarono, nella luce che si affievoliva in un tenue rosa. La ragazza piegò le gambe portandole al mento, così i lunghi capelli color argento le caddero sulle ginocchia quasi fossero una coperta. Celestine notò che aveva un cristallo, un naturale neo di bellezza, proprio sotto un occhio.

«Anche io ne vorrei tanto uno sul viso» sospirò Tilla. «Ne ho uno sulla caviglia, ma non se ne accorge mai nessuno!» E allungò la gamba perché lo vedessero.

«Però è di un colore bellissimo» commentò Dorina. «Ametista?»

«Sì» confermò lei. «Sono nata da un'ametista. E tu?»

«Topazio bianco» rispose Dorina. «Ma qualche volta faccio finta che il mio prezioso neo sia un diamante. Ovviamente non lo è, altrimenti sarei una principessa!»

«Celestine è una principessa» ribatté Tilla. «O quasi. È nata da un diamante.»

«Ah» commentò dubbiosa Dorina.

«No, veramente» insistette Tilla. «Dai, Celestine, racconta.»

Celestine distolse lo sguardo dal punto in cui stava allineando i cristalli d'acqua in ordine cromatico. Quella storia l'aveva raccontata fin troppe volte.

«Be', non è che sia poi così interessante...» replicò.

«Invece sì!» la incalzò Tilla. «Hai anche una gemella!»

«Una gemella!» ripeté Dorina, sorpresa. «È molto raro!»

«Penso di sì...» commentò Celestine. «Be', io e mia sorella, Victoria... Victoria *Black*, come le piace essere chiamata, siamo nate da un diamante, che però nel periodo dell'incubazione nella parete della Grotta dei Cristalli aveva una venatura nera al suo interno. Quindi è stato soprannominato il Diamante Nero e Lord Astrofelio lo ha dichiarato impuro, e così siamo nate come delle comuni spirille. E questo è quanto.»

«Forse i miei genitori me ne avevano parlato...» commentò Dorina.

«Al tempo il fatto ha destato un certo scalpore» aggiunse Celestine.

«Allora... avresti potuto essere una principessa!» concluse Dorina. «E vivere a palazzo reale con la regina Cassiopea come madre!» Gli occhi le brillarono nella flebile luce del tardo pomeriggio. «Non ti fa infuriare non essere considerata di stirpe reale?»

«No...» rispose Celestine. Ed era una risposta sincera. Non le era mai interessato appartenere alla casa reale. Ma il motivo per cui *era* infuriata era che le avevano negato una famiglia amorevole. Infatti, diversamente dagli altri spirilli che venivano adottati alla schiusa del cristallo, lei e Victoria Black erano state cresciute da una serie di tate diverse, scelte dalle autorità perché badassero a loro. Una misura di sicurezza. Che tipo di sicurezza Celestine non lo aveva mai capito, in realtà.

«Victoria Black è arrabbiata perché non appartiene alla casa reale» intervenne Tilla.

«Già, è furiosa» concordò Celestine. «Crede che alla morte di Cassiopea spetti a lei essere la nuova regina. È per questo che porta sempre una corona.»

«Ma dai, ogni giorno?» chiese Dorina. «Anche a scuola?»

«In ogni singolo momento» affermò l'altra. «Quando eravamo piccole, la teneva anche a letto.»

«Sembra un po' matta, tua sorella» Dorina quasi non ci credeva.

«In un certo senso... lo è» ammise Celestine, con un moto di affetto. «Lei è convinta più di ogni altra cosa al mondo che essere regina le spetti di diritto. È lei quella nata per prima dal diamante. Una volta ha persino scritto una lettera a Lord Astrofelio per chiedergli che cosa succederebbe nel caso non nascessero altre creature diamantine, prima della morte della regina Cassiopea!»

«E lui che cosa le ha risposto?» chiese la spirilla, visibilmente sorpresa.

«Be', ovviamente non ha risposto personalmente»

proseguì Celestine. «A Victoria arrivò la vaga replica di un sottoposto qualsiasi, che scrisse che il nostro cristallo era impuro e che c'era tempo a sufficienza perché nascesse un altro bebè di diamante.»

«Forse Lord Astrofelio vuole tenere il potere tutto per sé?» ipotizzò Dorina.

«Non credo» rispose Celestine. «È più vecchio della regina Cassiopea! Penso che voglia che a Selva Spirilla tutto rimanga tale e quale...»

Proprio in quel momento tornò Burnetto con un fascio di rami e lo scaricò sulla sabbia. Agitò la bacchetta magica e una pioggia di scintille arancioni caddero sulla catasta di fuscelli, che immediatamente prese fuoco e cominciò a scoppiettare. Allora lui si accovacciò vicino al falò e cominciò a tirare fuori qualcosa da una borsa.

«Ho dei biscotti» annunciò. «E del cordiale alla primula.» Nell'allungare una bottiglia a Celestine un raggio di sole attraversò il vetro, che rifletté un bagliore verde fluorescente.

«Allora, come si sta alla Nerochina?» chiese Dorina appena tutti si furono seduti attorno al falò. «Siete alla fine?»

«Sì, quasi» replicò Celestine. «Dobbiamo scrivere le lettere per l'apprendistato.»

«Anche noi» convenne l'altra. «Immagino che in tutte

le scuole di Selva Spirilla si debba fare prima del ballo dei diplomi. Io e Ruby vogliamo mandare la nostra candidatura all'Accademia degli Esploratori di Rivomago.»

«Che combinazione!» esclamò Celestine. «Anche Tiska!»

«Io voglio vedere il mondo degli umani» continuò Dorina. «Effettuare delle ricerche per le autorità... Selva Spirilla è un posto così piccolo.»

«Dici?» ribatté Celestine. Lei non pensava affatto che la foresta fosse piccola. C'erano tantissime zone in cui non era mai stata.

«Be', in confronto al mondo degli umani sì» precisò Dorina. «Hai mai visto una cartina geografica del mondo degli umani?»

Celestine scosse il capo. Quando incontrava degli spirilli che volevano abbandonare la foresta non riusciva a capirli: il loro mondo era perfetto, bellissimo, sicuro... Ed era provvisto di tutto il necessario: gli alberi con gli incavi, dove gli spirilli costruivano le loro case, i fiori e le piante da mangiare, il ruscello gorgogliante e la magica muraglia di confine, che celava il loro mondo a umani e animali, fatta eccezione per i dracoletti, che impollinavano i fiori. La foresta si prendeva cura degli spirilli e gli spirilli si prendevano cura della foresta.

«Io voglio l'avventura!» proseguì Dorina, con i capelli

argentati che prendevano un riflesso color mandarino alla luce tremula delle fiamme. «Voglio attraversare il varco di confine e osservare il mondo degli umani!»

«E se finisci sbranata dagli animali selvatici?» chiese Celestine. «O se gli umani ti scoprono? Noi siamo minuscolissimi a loro confronto. Ci potrebbero schiacciare come niente!»

«È uguale, voglio vederlo» confermò Dorina con un'alzata di spalle.

«Be', serviti pure» commentò Burnetto prima di bere una sorsata di cordiale alla primula. I capelli aranciati emisero un bagliore verdastro che virò sull'indaco. Celestine aveva sentito parlare di quel fenomeno ma non vi aveva mai assistito di persona.

«Io voglio diventare un incantatore di dracoletti» dichiarò lui.

Il falò continuò ad ardere e gli spirilli a chiacchierare. Parlarono dei loro sogni e dei loro piani per il futuro. Si fece buio e dalle fiamme si elevarono spirali di fumo sino alle stelle scintillanti di tanti colori che cominciavano a punteggiare il cielo. Tiska e Ruby rimasero nel ruscello a lungo anche dopo il tramonto. Le ombre di due testoline che andavano su e giù dalla linea dell'acqua e le increspature che lasciavano in superficie distorcevano il riflesso della luna giallastra. Alla fine, uscirono e ancora gocciolanti camminarono verso il fuoco. Tiska tremava di freddo, anche dopo essersi avvicinata alle fiamme. Si sedette vicino a Ruby con le antenne che scintillavano impazzite. Celestine non le aveva mai viste così verdi e luminose prima di quella sera.

Capitolo 2

Molto più tardi, Celestine e Tilla tornarono in volo a Saltaticchio senza Tiska, che era sparita con Ruby una volta terminato il falò. Un fiume di scintille dorate e violacee fuoriusciva dai rispettivi fiori e sotto di loro la foresta si estendeva per chilometri. In molti punti le luci erano appese tra le foglie e i rami e ogni tanto capitava di scorgere un bagliore dorato da una finestrella nel tronco di un albero o in una casetta posta ai suoi piedi, dove qualche spirillo era ancora sveglio.

Non ci misero molto ad arrivare a destinazione, discendendo nel fitto del fogliame e nel cuore della foresta.

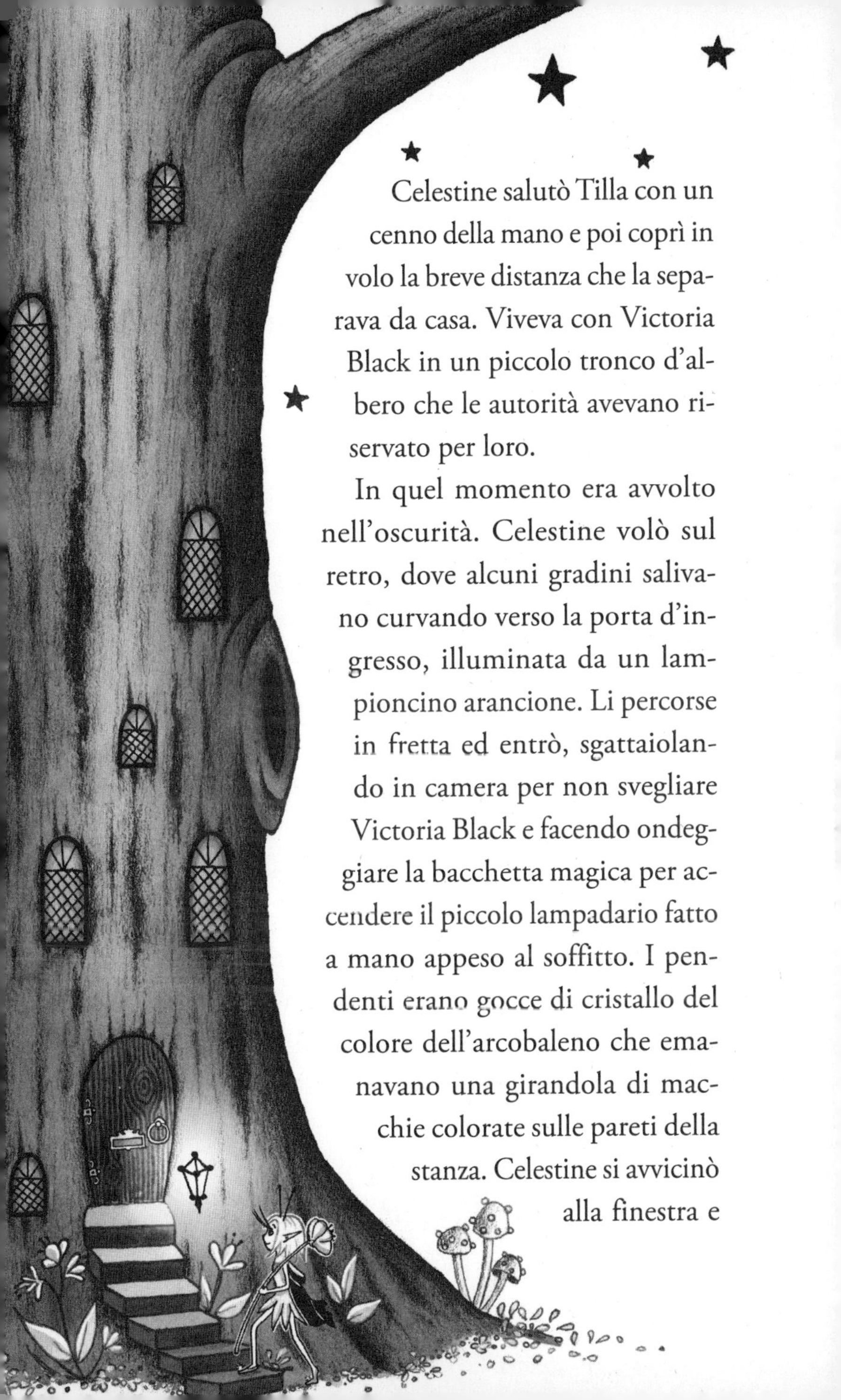

Celestine salutò Tilla con un cenno della mano e poi coprì in volo la breve distanza che la separava da casa. Viveva con Victoria Black in un piccolo tronco d'albero che le autorità avevano riservato per loro.

In quel momento era avvolto nell'oscurità. Celestine volò sul retro, dove alcuni gradini salivano curvando verso la porta d'ingresso, illuminata da un lampioncino arancione. Li percorse in fretta ed entrò, sgattaiolando in camera per non svegliare Victoria Black e facendo ondeggiare la bacchetta magica per accendere il piccolo lampadario fatto a mano appeso al soffitto. I pendenti erano gocce di cristallo del colore dell'arcobaleno che emanavano una girandola di macchie colorate sulle pareti della stanza. Celestine si avvicinò alla finestra e cominciò a sfilare le forcine dai suoi capelli argentei. Fuori ogni cosa era immersa nel buio e gli unici rumori che si sentivano erano il lieve *fruuuscia fruuuscia fruuuscia* delle foglie sugli alberi e il tintinnio delle forcine quando le riponeva.

Mentre Celestine se ne stava in piedi a fissare le tenebre, un sibilante guizzo scarlatto infranse la vellutata oscurità della notte.

La ragazza sgranò gli occhi, perché quelle scintille si avvicinarono proprio alla sua finestra e finirono per atterrare ai piedi della casa. Un'ombra scura, avvolta in un mantello con cappuccio, s'incamminò verso la porta sul retro. La figura accese una bacchetta magica e la tenne davanti a sé, rivelando un volto pallidissimo, irradiato di luce diamantata. Due occhi grandi e incorniciati vistosamente dal kajal si chiusero con delle lunghissime ciglia nere come il carbone e sul cappuccio del mantello scintillarono delle stelline argentate. Era Victoria Black. Celestine si aggrappò al davanzale, con il cuore in gola. Ancora, dopo tutto quel tempo, sua sorella la inquietava. Che cosa la teneva sveglia a quell'ora della notte? Di solito Victoria Black non usciva mai. Di fatto non aveva amici.

Celestine udì la sorella entrare in casa e trafficare rumorosamente in cucina. Probabilmente stava preparando la sua bevanda preferita e a Celestine venne l'acquolina in bocca al solo pensiero. Si infilò la camicia da notte sopra ai vestiti e scese le scale. Victoria Black non la vide subito, impegnata com'era a rompere una stecca di cioccolato fondente e a gettare i pezzetti dentro una ciotola.

«Ehi» esordì Celestine.

Victoria Black sobbalzò e si voltò.

«Oh, sei tu» replicò. «Che ci fai alzata così tardi?»

«Ero con alcuni amici» rispose la gemella. «Abbiamo fatto un falò vicino al ruscello. Che cosa stai facendo?»

«Una cioccolata calda» rispose Victoria Black, ponendo la ciotola sopra un tegame pieno d'acqua e cominciando a mescolare con un cucchiaio di legno. Quella notte c'era qualcosa di diverso in lei. Vibrava di energia, sembrava più folle del solito e aveva l'odore di legno bruciato addosso.

«Volevo dire… che cosa hai fatto finora?» domandò Celestine spostando una sedia e accomodandosi a tavola.

«Oh, lo sai, cose…» rispose Victoria Black. «Vuoi un po' di cioccolata calda?»

«Sì, grazie» accettò Celestine. «Lascia che ti aiuti.»

«No, non serve» replicò la gemella rompendo altri pezzetti e facendo volare a terra qualche scheggia. Di nuovo, immerse il cucchiaio di legno nella ciotola e mescolò. Schizzi di cioccolato fuso traboccarono da un lato e colarono sui fornelli.

«Dove sei stata?» Celestine formulò di nuovo la domanda mentre prendeva un po' di panna e due gusci di ghianda come tazze.

«A fare un giro» rispose Victoria Black. «Ho volato qui intorno, ho guardato le stelle, rimuginato sui miei pensieri e ho giocato con Stardust» allungò una mano e fece una carezza al piccolo dracoletto color verde calcite appollaiato sulla sua spalla. Lui le strofinò il nasino sul collo e le sue scaglie luccicarono.

«Oh, okay» commentò Celestine, lasciando perdere. Non voleva insistere troppo, altrimenti Victoria Black sarebbe scomparsa in camera sua. E lei voleva che restasse. Entrambe non avevano nessun altro al mondo.

La sua gemella tolse il pentolino dal fuoco e versò svogliatamente la cioccolata nelle due tazze-ghianda, poi vi depositò sopra un po' di crema alla nocciola. Aprì la dispensa e prese un barattolo di stelline di cioccolato. C'era un'etichetta appiccicata, sulla quale aveva scribacchiato gelosamente il suo nome. Spruzzò un po' a casaccio una bella manciata di stelline sulla sua cioccolata.

«Aspetta» disse prima di tornare alla dispensa per prendere la cannella.

«So che ti piace così» commentò spargendo la spezia sulla crema nella tazza di Celestine. «Scommetto che non esiste nessun altro che lo sa, vero?» Sorrise sicura di sé mentre poggiava la cioccolata davanti alla sorella, come se volesse ricordarle il loro indissolubile legame. Celestine le sorrise e tra loro corse un guizzo di familiarità. Questi piccoli gesti le davano la certezza che Victoria Black tenesse a lei, nonostante tutto.

«Vuoi sempre andare al ballo dei diplomi insieme?» le domandò dopo avere bevuto un sorso di cioccolata calda.

«Ma certo!» rispose Victoria Black, sentendosi un po' offesa dal dubbio della gemella. Ma in quei giorni Celestine non si sentiva mai sicura: dal tempo in cui erano abituate a condividere tutto erano cambiate molte cose. Victoria Black era diventata più riservata, più distante.

«Si terrà ai giardini del Palazzo Reale» aggiunse Victoria Black, mentre un lampo d'ira le brillava negli occhi. «Dove noi avremmo dovuto abitare.»

Celestine non replicò. Avrebbe voluto tornare indietro e non nominare il ballo.

«Non vuoi proprio dirmi dove sei stata?» le domandò cercando di cambiare discorso. Ma Victoria Black si accigliò, il fragile filo che le aveva unite per un istante immediatamente si spezzò e quasi si sentì il suono dello strappo.

«Devo dedicarmi al mio sonno ristoratore» concluse. «A domani.» Seguita dal fruscio del mantello di tulle punteggiato di stelline, uscì dalla stanza.

Capitolo 3

Quel pomeriggio, Victoria Black aveva allungato il percorso per tornare a casa da scuola. Faceva caldo e anche lei voleva nuotare nel ruscello. Ma non con *loro*. Di proposito si diresse nella direzione opposta e marciò con foga, la punta del nasino nero da spirilla protesa a fiutare l'aria, la corona indossata con gusto regale sulla capigliatura corvina, volutamente spettinata. Dopo un po' saltò a cavallo del suo fiore e spiccò il volo, facendo breccia nella chioma di foglie che la sovrastava fino all'aria limpida e calda del cielo. Adorava osservare il suo regno da quell'altitudine. La faceva sentire intoccabile. Libera e potente. Il fitto degli alberi si estendeva per chilometri e chilometri sotto di lei, interrotto da alcune radure. Alla sua sinistra c'era il Monte Spirillo, dove la vegetazione si diradava e sgorgava un altro ruscelletto da una sorgente in quota.

Victoria Black era diretta al torrente più grande e voleva trovare un punto isolato dove avrebbe potuto nuotare in pace, lontana dai compagni di scuola. Volò rapida, seguendo il rivolo d'acqua argentina.

Alla fine si sentì esausta. Aveva viaggiato a lungo, quasi fino al confine, e adesso sembrava aver raggiunto

finalmente un luogo disabitato della foresta. Nei dintorni non c'erano case albero o sentieri battuti e sulle sponde del ruscello crescevano erba alta e fiori selvatici. Provò un fremito di piacere nel ritrovarsi in completa solitudine e si appoggiò a una grande pietra levigata vicino alla sponda per indossare il suo costume a strisce bianche e nere.

Quando si stancò di nuotare, il sole era basso all'orizzonte e si era fatto tardi: aveva fame. Non c'erano botteghe nei paraggi, non in quella zona. Allora Victoria Black raccolse le sue cose e s'incamminò, allontanandosi

dal ruscello con Stardust e il frullo delle sue alette coriacee vicino all'orecchio. Forse avrebbe trovato qualche frutto da mangiare: senza dubbio quel luogo era molto rigoglioso. Una semplice mora sarebbe stata più che sufficiente. Quindi si diresse nella boscaglia, la borsa di scuola a tracolla e il fiore in mano. In quel punto, il fitto degli alberi ombreggiava il suolo anche nel tardo pomeriggio caldo e soleggiato. Piccole macchie di luce viscosa filtravano qua e là dalla fitta chioma di foglie sovrastante. Adesso comprendeva perché quella zona della foresta fosse disabitata: i tronchi erano troppo affusolati per ospitare delle case al loro interno e talmente ravvicinati da rendere l'atmosfera piuttosto tetra. Inoltre gli alberi erano circondati da una rigogliosa vegetazione di cespugli e non c'erano sentieri battuti: era diverso da qualsiasi posto di Selva Spirilla che Victoria Black avesse visitato fino a quel momento e le sue antenne sibilarono con un fremito impaurito. Era giunta in un luogo in cui ai giovani spirilli era vietato addentrarsi da soli. Le terre del nord erano squallide e inospitali, lo sapevano tutti: costituivano il luogo perfetto per i traffici di spirilli di malaffare, si supponeva che in quelle tenebre fossero accaduti gravi misfatti.

Victoria Black continuò ad addentrarsi nella selva, scrutando l'oscurità. Le venne la pelle d'oca e si arrestò all'improvviso, trattenendo il fiato per un istante e strizzando gli occhi. Che cosa stava osservando? Proprio di fronte a lei, tra gli alberi, intravide un tenue bagliore e un filo di fumo si alzò verso la coltre di foglie. Di riflesso, strinse fortissimo il suo bocciolo. Che razza di spirillo si poteva mai trovare in quel luogo remoto? Sentiva il cuore in gola ma avanzò silenziosa, perché la curiosità aveva avuto la meglio su di lei.

Dopo poco notò che il bagliore proveniva da un fuocherello di fiamme verdi e scoppiettanti che emanavano fumo e scintille. C'era una ragazza, forse un po' più piccola di lei, seduta lì accanto, il viso circondato dalla luce sinistra del fuoco. Alle orecchie appuntite portava dei grandi pendenti dorati a forma di mezzaluna, aveva lunghi capelli lisci e lucenti, per metà neri e per metà bianchi, e i piedi abbronzati erano scalzi, con le dita affondate nel terreno bruciacchiato. Sul fuoco c'era un pentolino e la ragazza era impegnata a scaldare un panino dolce all'uvetta. Victoria Black placò ogni palpitazione di paura, perché sicuramente quella creatura non rappresentava una minaccia per lei, e alzò la mano in segno di saluto.

«Ciao!» gridò. «Io sono la principessa, Victoria Black, legittima erede al trono!»

La ragazza trasalì, facendo cadere il panino nel fuoco dallo spavento. Poi balzò in piedi e si posò la mano al petto.

«Sua Maestà!» esclamò.

Victoria Black restò sbalordita. Era solita presentarsi come la principessa, ma la maggior parte degli spirilli non ci faceva caso, specialmente a scuola la prendevano in giro e basta. Le si arrossarono lievemente le guance al pensiero. Di sicuro, un giorno si sarebbero pentiti!

«Mi hai colto alla sprovvista» disse l'altra. Poi si accigliò: «Un momento, non sei una principessa... Non esistono eredi al trono. Quindi chi sei?»

«Te lo racconterò» replicò Victoria Black «dopo avere accettato un panino dolce all'uvetta, grazie.»

«Perché te lo dovrei dare?» chiese a sua volta la ragazza. «Prima dimmi chi sei.»

Victoria Black si sentì offesa.

«Be'... io...» si innervosì. «È questo il modo di rivolgersi a un membro della famiglia reale?»

«Tu non lo sei!» ribatté l'altra incrociando le braccia sul petto. «Come potresti esserlo?»

Una scatto di rabbia fece esplodere Victoria Black, rabbia e forse anche un tremito di delusione. Aveva pensato che questa creatura strana, misteriosa, magnetica potesse essere diversa dagli altri.

«Sono nata da un diamante» gridò. «Dal Diamante *Nero*.»

L'altra la fissò e improvvisamente qualcosa nel suo atteggiamento cambiò. Le antenne sprizzarono scintille verdi e lei sciolse la posizione delle braccia.

«Oh... ma certo, ho sentito parlare del Diamante Nero» commentò.

«Lo spero bene!» controbatté Victoria Black.

Le antenne della ragazza stavano ancora sibilando. «Prego, accomodati» fece ondeggiare la bacchetta magica e da terra spuntò un altro funghello, un sedile a forma di fungo simile al suo. «In ogni caso, io sono Ursulina» si presentò, tendendo la mano. «Piacere di conoscerti.»

«Victoria Black» salutò l'altra stringendo la mano di Ursulina con sguardo insistente. Aveva l'abitudine di fissare gli altri, noncurante del possibile fastidio degli spirilli. Si sedette sul funghello e con delicatezza si portò in grembo Stardust, ma quello non aveva voglia di rimanere fermo a farsi accarezzare. Sembrava insolitamente irrequieto e il piccolo grugno scattava a destra e a sinistra per annusare il nuovo odore di fumo e quella spirilla con gli orecchini a mezzaluna.

Ursulina si alzò e si diresse verso un carrozzone di

legno poco distante dal falò. Era decorato con ghirigori di stelle e lune e stazionava proprio sotto un cespuglio di altissimi fiori viola selvatici. Victoria Black non aveva mai visto una casa su ruote prima di quel momento e ne era molto incuriosita.

«Come fai a spostarla?» gridò, rivolta a Ursulina. «E perché ha le ruote?»

«Non la muovo» rispose Ursulina quando tornò con una pila di panini dolci all'uvetta e un barattolo di marmellata di more. «È parcheggiata qui da settimane. E se devo spostarla uso la magia.» Fece un gesto sbrigativo con la mano. «Ora dimmi di te.»

«Quale magia?» proseguì Victoria Black. «Come fai a conoscere questo genere di incantesimi?»

«Te lo racconterò un'altra volta» rispose Ursulina. «Per ora mangiamo. Così mi spiegherai chi sei.» Ursulina allungò la torre di panini sotto il naso della sua ospite.

Distratta dal piacere di avere improvvisamente a disposizione un paio di orecchie attente, Victoria Black lasciò cadere l'argomento della casa su ruote e cominciò a parlare di sé.

«Bene!» esordì. «Vedi, tutto è cominciato ancora prima che io nascessi. Il mio cristallo era un diamante, un diamante reale!»

«Ah...» commentò Ursulina, togliendo il pentolino

dal fuoco e riempiendo due tazze di tè al caprifoglio. «Sei una delle gemelle *Black*!»

«Già» replicò lei. «Di stirpe reale. E Lord Astrofelio dovrebbe solo starsene zitto! Non mi importa di quello che dicono le stupide autorità spirille. Solo perché aveva quella venatura nera, il difetto, hanno dichiarato che non fosse puro e che avrebbero aspettato il diamante successivo per avere l'erede al trono. Non è giusto! Io penso che il difetto lo renda ancora più speciale. Anzi, unico!»

«Sono d'accordo» confermò Ursulina. «Venatura nera o no, era pur sempre un diamante.»

Victoria Black sorrise con piacere: non era abituata a confrontarsi con spirilli che condividevano il suo punto di vista. Ursulina le passò un piattino con il panino e lei lo morse con avidità.

«Mi sembra una sciocchezza» proseguì Ursulina «rigettare completamente un diamante a causa di un'impurità. Che cosa succede se non nasce un altro bebè diamantino prima che la regina Cassiopea muoia?»

«Le autorità escludono questa possibilità...» rispose Victoria Black strofinando il piede per terra. «La regina Cassiopea potrebbe vivere fino a centosessant'anni!»

«*Uhm*» rifletté Ursulina, concentratissima. «Sai, io potrei aiutarti a far cambiare idea a Lord Astrofelio... se tu volessi. Potrei aiutarti a diventare regina.»

«Davvero? E come?» chiese Victoria Black, incredula.

«Ho i miei modi» dichiarò l'altra con un'alzata di spalle. «So cose che gli altri spirilli non sanno.»

«Cioè?» domandò Victoria Black.

«Be', per ora non ho intenzione di dirti altro!» rispose Ursulina. «Ti conosco a malapena. Se vuoi conoscere i miei segreti dovremo passare molto tempo assieme. Ho bisogno di sapere se mi posso fidare di te.»

«Mi piacciono i segreti» dichiarò Victoria Black e i suoi occhi brillarono al suono di quell'ultima parola.

«Anche a me» concordò Ursulina concedendole un grandissimo sorriso. «Penso che andremo d'accordo. Torna a trovarmi, io posso aiutarti.»

Victoria Black sorrise al pensiero di un'aiutante così volenterosa. Poi però divenne sospettosa.

«Perché dovresti scomodarti ad aiutarmi?» le chiese. «Non vuole aiutarmi mai nessuno.»

«Penso che assieme potremmo fare grandi cose» rispose Ursulina. «Noi non siamo come tutti gli altri. E poi mi piacerebbe avere un'amica... Qui non c'è anima viva.»

«Un'amica» ripeté Victoria Black, assaporando la parola tra le labbra. Non aveva mai pensato a nessuno in quei termini. Tranne Celestine, ovvio, ma lei non contava, era la sua gemella.

«Però devi fare una promessa» continuò Ursulina. «Non devi raccontare a nessuno di me o del posto un cui vivo. Potrebbe essere il nostro primo segreto. Me lo prometti?»

«Te lo prometto» assentì Victoria Black.

Capitolo 4

Il giorno dopo, Celestine trascorse la mattinata seduta al tavolo della cucina a scrivere lettere di presentazione con l'inchiostro dorato a tutti i gioiellieri che fu capace di trovare sull'Elenco Spirillonico, abbellendole con minuziose riproduzioni delle sue creazioni. Era quasi a metà del lavoro quando sentì un tramestio di passi sulle scale e Victoria Black fece irruzione nella stanza con i capelli arruffati e una piccola corona ficcata in testa di traverso, come se l'avesse indossata anche per dormire. Si sedette al tavolo e una nuvola di brillantini color argento si sprigionò attorno a lei.

«Ti ho preparato la colazione» esordì Celestine. «Adesso sarà un po' fredda...» Allungò alla sorella un piatto con uova di dracoletto strapazzate e una fetta di fragolina di bosco.

«Grazie» disse Victoria Black e cominciò a mangiare, ruminando cibo e pensieri. Nella stanza vigeva un silenzio assoluto e Celestine si chiese se dovesse cercare di fare conversazione. Ma Victoria Black sembrava da tutt'altra parte. Nella quiete il ticchettio dell'orologio risuonava fortissimo e Celestine sentì nostalgia del periodo in cui le tate abitavano con loro, accudendole e affaccendandosi per casa. Ma nessuna di loro era rimasta a lungo: Victoria Black le aveva fatte scappare a gambe levate con il suo caratteraccio burbero e spigoloso e a un certo punto si era stabilito che ormai le gemelle fossero abbastanza grandi da badare a loro stesse. Tata Evelina tornava ancora per controllare come stavano e qualche volta la madre di Tiska e Tilla si presentava con una delle sue torte, ma non c'era nessun altro.

A volte Celestine aveva la sensazione di galleggiare, non sapendo a quale luogo appartenesse, ma di sicuro il suo posto era con la sorella.

Victoria Black ingoiò l'ultimo boccone della colazione e allontanò il piatto.

«Che cosa fai oggi?» chiese.

«Vado alla Gelateria Polvere di Luna» rispose Celestine. «Voglio la crema di neve. Vieni con me?»

«Forse» replicò Victoria Black e la gemella sbatté le palpebre per la sorpresa, con le antenne che sibilarono di felicità tra scintille dorate. «Mi piacciono i loro gusti cioccolato fondente e lampone» proseguì. «Possiamo andare da sole? Tu e io?»

«Oh...» esclamò Celestine. Deglutì e le si infuocarono le guance per l'imbarazzo. «Io... be', ho promesso a Tiska e Tilla...»

«Non importa» si affrettò a dire Victoria Black. «Noi possiamo andare un'altra volta.»

«Ma sarei felice se tu venissi» intervenne Celestine. «Dai, ultimamente non riusciamo mai a fare qualcosa insieme.»

«Non è lo stesso se ci sono anche *loro*» precisò Victoria Black. «Lasciamo stare e poi ho delle cose da fare oggi.»

«Quali cose?» chiese Celestine.

«Cose segrete» tagliò corto Victoria Black.

Quel pomeriggio, dopo aver imbucato le lettere, Celestine si diresse alla Gelateria Polvere di Luna, in centro a Saltaticchio, per incontrare Tiska e Tilla. Assieme, rimasero a fissare l'arcobaleno di crema di neve che rimaneva congelato grazie a un incantesimo del ghiaccio e Celestine pensò che scegliere il gusto da ordinare fosse quasi meglio della consumazione stessa. Alla fine, chiese nocciola, Tiska scelse puffo e Tilla prese lampone selvatico con una spruzzata di gemme di gelatina. Chiesero le coppe gelato e, reggendole in maniera regale davanti a loro, si andarono a sedere a uno dei tavolini dalle gambe sottili.

«Io e Ruby abbiamo fatto un patto la scorsa notte!» annunciò Tiska mentre assaggiava il suo gelato con la punta della lingua.

«Che patto?» chiese Tilla.

«Andremo nel mondo degli umani insieme!» spiegò Tiska tutta contenta. «Finalmente ho trovato qualcuno che vuole vedere le onde che si infrangono sulla spiaggia, le piscine naturali e la schiuma salata del mare proprio come me.»

«Odio immaginare che andrai in quei posti!» esclamò Tilla.

«Non ti preoccupare» la rassicurò la sorella. «Gli spirilli esploratori vanno e tornano continuamente dal mondo degli umani. Starò attenta a non correre rischi inutili, a stare lontana dagli animali e dagli umani. Ti porterò una conchiglia come ricordo! Una di madreperla, come quelle che conservano al Museo Spirilliano dei Reperti Umani.»

Tilla sorrise. Celestine sapeva quanto la ragazza desiderasse una conchiglia.

«In ogni caso ci vorrà ancora del tempo» proseguì Tiska. «Prima devo completare la mia formazione. Nessuno può lasciare la foresta senza il patentino di esploratore. Dai, parliamo d'altro.» E si rivolse a Celestine. «Come va con Victoria Black?»

«Come sempre» rispose lei. «Be', più o meno. In realtà...» esitò un istante. «Non lo so, penso che mi stia nascondendo qualcosa. È più riservata del solito e la scorsa notte...» si zittì nuovamente, notando un guizzo di vivace curiosità negli occhi delle amiche.

«La scorsa notte...» la incitò Tiska.

«È arrivata a casa più tardi di me. E voi sapete fino

a che ora siamo state fuori! Odorava di fumo e quando le ho chiesto dove fosse stata, si è mostrata più sfuggente del solito.»

«Che stranezza» commentò Tilla. «Lei non esce tanto spesso, non è vero?»

«Già...» confermò Celestine. «Ed era anche tesissima. Direi suscettibile, e le antenne le scintillavano come se fossero impazzite!»

«Forse andrà fuori di nuovo...» immaginò Tiska. «Be', se lo farà dovremmo seguirla! Come dei veri detective.»

«Che cosa? No!» si oppose Celestine. Lo stomaco le si torse al pensiero di quanto si sarebbe infuriata la sorella se avesse scoperto che qualcuno la pedinava.

«Lo faremmo per proteggerla, giusto per assicurarci che non faccia qualcosa di pericoloso» suggerì Tiska.

«No!» ribadì Celestine. «Se lo venisse a sapere mi odierebbe a morte! Non la spieremo, neanche per sogno.»

Tuttavia quella sera stessa, quando Celestine stava per andare a letto, non poté trattenersi dal guardare fuori dalla finestra per vedere se la sorella stesse per uscire di nuovo. E alla fine, proprio un attimo prima di coricarsi, scorse un movimento sotto di lei: si trattava di una figura sfuggente con una rosa fucsia. La stessa figura saltò a cavallo del fiore e si alzò in volo, lasciando dietro di sé una scia di sibilanti scintille purpuree. Celestine rimase a osservare con una fitta al cuore. Da quando Victoria Black aveva cominciato ad avere tutti quei segreti? Loro due avevano l'abitudine di condividere ogni cosa, persino i pensieri. Ormai però non parlavano quasi mai di faccende importanti. Celestine chiuse gli occhi scacciando le lacrime e nella mente sentì risuonare la voce di Tiska:

Seguila!

Qualche istante dopo, Celestine si ritrovò a sfrecciare per aria al seguito di Victoria Black: si teneva a bassa quota sulle foglie ondeggianti per cercare di nascondere le scintille dorate che emetteva il suo ranuncolo. Il cuore le galoppava come non mai e le sue antenne brillavano per l'audacia. Rimase in posizione arretrata, abbastanza lontana da non essere notata, guardando con un certo timore la sorella, alta nel cielo stellato con il suo mantello trasparente e scintillante che fluttuava ed emetteva un riflesso rosa alla luce della luna color lampone.

Victoria Black volò a lungo e dopo un po' Celestine cominciò a provare un certo disagio. Lo stelo del fiore le si stava fondendo con le cosce e, ancora peggio, sembrava che si fossero lasciate alle spalle la zona popolata

di Selva Spirilla e stessero volando a nord, sulle lande cupe e desolate. Mai Celestine si era spinta così lontano da casa e non le piacevano le sensazioni che quel posto emanava. Puzzava di ombre e oscurità. Quasi quasi considerò l'idea di tornare indietro, però qualcosa la fece continuare. E se Victoria Black fosse stata davvero in pericolo? Se avesse avuto bisogno di lei? Celestine rabbrividì e proseguì, non perdendo di vista la sorella, che sfrecciava alta nel cielo punteggiato di stelle colorate... rosa, arancione, blu e verde, viola, pervinca e oro.

Proprio quando Celestine pensò che non avrebbero potuto spingersi in un luogo più oscuro di quello, disabitato e inquietante, Victoria Black rallentò e si tuffò nella vegetazione. La gemella la seguì planando più piano, così che il suo fiore potesse emettere meno scintille possibile, e posandosi sul ramoscello in cima a un albero lì vicino.

Molto più giù, nascosto tra i tronchi di alberi filiformi, in una piccola radura ricoperta di muschio, bruciava un fuocherello con il suo baluginio di fiamme verdi e viola. Davanti al falò c'era una ragazza con i capelli neri e bianchi e lì vicino stazionava una specie di strano carrozzone con ruote di legno. Ed ecco Victoria Black camminare verso la ragazza, salutando con la mano e sorridendo in un modo atipico per lei, e sedersi di fianco alla giovane. Celestine rimase sorpresa dall'improvviso moto di gelosia che provò. Sua sorella aveva *un'amica*? E chi era? Per gli spirilli era insolito vivere in solitudine, soprattutto in una terra così remota. Celestine si sporse in avanti per cercare di carpire le loro parole, ma purtroppo era troppo lontana. Allo stesso tempo, non osava avvicinarsi nel caso la sorella l'avesse scoperta. E inoltre non era nemmeno sicura di volerlo fare. Aveva un nodo in gola e gli occhi le bruciavano per le lacrime trattenute. Era chiaro che Victoria Black non stava correndo nessun pericolo: aveva solo fatto amicizia.

Un'amica.

Celestine sgattaiolò via e tornò in groppa al fiore. Lasciandosi la radura alle spalle si alzò in volo, nel cielo stellato e nella luce inquietante della luna rosa, che risplendeva sui suoi capelli biondo chiaro e sulle guance, ora rigate da lacrime.

Capitolo 5

Quando vide Victoria Black avvicinarsi, Ursulina la accolse con un sorriso. La spirilla misteriosa indossava un vestito alquanto strano fatto di vecchie foglie punteggiate di brillantini e con un braccio reggeva una ciotola con un po' di pastella, nella quale stava spruzzando polvere luccicante verde.

«Guarda» le disse, e in una padella calda versò una cucchiaiata del miscuglio, che sfrigolò prima di trasformarsi in un pancake a forma di stella.

«Voglio conoscere meglio la magia!» esordì Victoria Black. «Mi insegnerai?»

«Certo!» replicò Ursulina, trasferendo il pancake su un piattino per la sua ospite. «La magia è potere, e noi ne abbiamo bisogno perché tu diventi regina. Quanto hai già imparato?»

«Niente, in realtà» rispose Victoria Black. «A scuola apprendiamo solo nozioni elementari di magia, tipo come iniziare un fuoco o accendere e spegnere le lampade. Tutte cose noiosissime. A nessuno è permesso addentrarsi nella materia, di questi tempi. I sortilegi proibiti sono custoditi nella Grande Biblioteca Spirilliana.»

«Per una buona ragione» commentò Ursulina. «Non si può permettere a chiunque di avere libero accesso alle formule degli incantesimi più pericolosi e fuori legge. Quando agli spirilli era concesso di tenere la propria copia del *Libro dello Spirillo* regnava il caos totale.»

«Immagino» rispose Victoria Black. «Ma non capisco come mai gli spirilli non sono interessati a conoscere più a fondo la magia. Si godono la loro banale vita, piccoli spirilli felici, mangiano torte e bevono tè.»

«Be', in realtà non penso che ti serva la magia» proseguì l'altra «se sei un signor nessuno. Ma tu sei diversa: niente di meno che l'erede al trono. Io posso insegnarti cose che nessun altro potrebbe. Io so *tutti* gli incantesimi proibiti.»

«Cosa?!» esclamò Victoria Black, incredula. «Ma…

com'è possibile? Le autorità hanno bruciato tutte le copie del *Libro dello Spirillo* duecento anni fa! Ne esiste solo una e si trova alla Grande Biblioteca... sottochiave...»

«Lo so» replicò Ursulina con uno scintillio negli occhi. «Però ne esiste un'ulteriore copia ed è in mio possesso.»

Victoria Black trattenne il fiato. «Non è possibile!» esclamò. «Le autorità setacciarono ogni millimetro quadrato di foresta in cerca dei libri...»

«Già» replicò Ursulina. «Ma gliene sfuggì uno: quello che ho trovato io! Ti racconterò meglio la prossima volta...»

«Dai, fammi vedere il libro! Dov'è?» chiese Victoria Black.

«Nel carrozzone» rispose l'altra. «Vado a prenderlo.» Si alzò e Victoria Black rimase in attesa, battendo il piede in segno di impazienza, sentendosi terrorizzata ed emozionata al tempo stesso. Ursulina fece ritorno con un grande tomo sotto il braccio. Victoria Black provò un brivido freddo al collo, anche se era una notte calda. La spirilla si sedette sul funghello e passò la mano sulla copertina del libro, tempestata di pietre preziose ancora più brillanti alla luce del fuoco e poi lo aprì con grande attenzione. Le pagine sembravano antiche e sottili come carta velina e la scrittura era così minuta e piena di ghirigori che Victoria Black dovette strizzare gli occhi per mettere bene a fuoco.

«Posso vederlo?» chiese tendendo le mani tremanti.

Ursulina esitò. «Non ancora» rispose.

«Allora... possiamo fare un incantesimo?» propose Victoria Black. «Uno di quelli proibiti? Facciamo apparire qualcosa dal nulla!»

«Tra un attimo» rispose l'altra. Poi concentrò lo sguardo su Victoria Black e gli occhi le brillarono di una luce maligna.

«Manterrai il segreto, vero?» le chiese.

«Te lo prometto!» esclamò Victoria Black.

«Bene» sorrise Ursulina. «Quindi... hai portato la bacchetta magica?»

«Certo» confermò Victoria Black estraendola dal mantello. La stella di diamante, intagliata dal cristallo da cui era nata, brillò alla luce del fuoco. Anche Ursulina prese la sua bacchetta, adornata da uno smeraldo a forma di luna.

«Tutto sta nelle parole» spiegò la spirilla. «Nella loro pronuncia. Devi ripeterle senza il minimo errore e recitarle nel posto giusto, altrimenti potrebbe non funzionare. Che cosa facciamo apparire?»

«Una gemma stellata!» si affrettò a rispondere Victoria Black. «Ne ho sempre voluta una!»

Ursulina sembrò sorpresa. Quel tipo di pietra preziosa era la più rara a Selva Spirilla, la forma a stella era naturale e brillava di un'iridescente luce propria. Fino ad allora, solo poche gemme stellate erano state estratte dalle profondissime miniere nel sottosuolo e immediatamente erano state inviate al palazzo reale per essere incastonate nella corona del re o della regina.

«Devi visualizzarla nitida nella tua mente» cominciò Ursulina. «Concentrati solo su quella!» Ciò detto, iniziò a scandire le parole magiche, affinché Victoria Black facesse pratica nel recitare l'incantesimo correttamente.

«Brava!» commentò Ursulina. «Adesso prova, usando la bacchetta!»

«*Spirifabricaliora!*» gridò Victoria Black e dalla stellina della sua bacchetta magica sgorgò un fiotto di scintille dai riflessi cangianti, poi qualcosa cominciò a materializzarsi in quella nuvola iridescente, acquistando una consistenza densa, vetrosa e appuntita.

«Ce l'hai fatta!» commentò la spirilla allungando una mano per raccogliere la fluttuante gemma stellata. «È praticamente perfetta, brava! Non è da tutti praticare la magia con tanta facilità, sai?» Poi porse la gemma a Victoria Black, che osservò meravigliata la pietra preziosa con le guance rosse d'orgoglio.

«Facciamo apparire altre cose!» propose.

Ursulina scoppiò a ridere.

«Rallenta» la esortò. «Abbiamo tantissimo tempo a disposizione e per stasera ti sei già allenata abbastanza. Piuttosto chiacchieriamo un po', raccontami di te. Com'è la tua gemella?»

«Oh» cominciò Victoria Black, sorpresa dalla domanda e incerta sul modo di tradurre i suoi sentimenti per Celestine in parole. «Lei è... diversa da me. Una volta eravamo inseparabili, condividevamo tutto, fino a quando lei non si è fatta altri amici a scuola. Tilla, la mielosa, con i suoi piedini affusolati sempre pronti a danzare, e Tiska con quei capelli ruvidi e verdi che puzzano come alghe. Non ci vado d'accordo. *Non le sopporto!* Mi hanno portato via Celestine.» Ripose la bacchetta magica in grembo, appoggiandovi sopra le mani giunte. «Non mi piacciono gli spirilli e io non piaccio a loro.»

«Tu mi piaci» intervenne Ursulina e Victoria Black si sentì avvampare.

«Be', noi siamo amiche, giusto?» chiese, emozionata dalle sue stesse parole.

«Sì» sorrise Ursulina.

«Anche Celestine sembra non capire come stanno le cose» continuò Victoria Black. «A lei non importa che le autorità abbiano dichiarato impuro il nostro diamante, privandoci del diritto alla corona per nascita. Tocca a me rimediare a tutto per il bene di entrambe. Rimarresti sorpresa se la incontrassi, perché siamo gli estremi opposti. A lei è toccata tutta la gentilezza e a me tutta la rabbia. Io sono quella *sbagliata.*» Victoria Black si bloccò, perché era sorpresa da quanto si stesse aprendo con quella spirilla strana e misteriosa. Non aveva mai detto confessato niente di simile a voce alta prima di quel momento, ma quella notte era come se le parole uscissero da sole. Si sentì leggera e le girava un po' la testa. Strinse la gemma stellata, conficcandosi le punte nel palmo della mano, e scostò il viso dal fuoco: una lacrima le solcava la guancia e voleva nasconderla a Ursulina.

«E di te che mi dici?» chiese a bassa voce. «Come hai trovato il *Libro dello Spirillo*?»

«Te lo racconterò» le rispose Ursulina. «Un giorno.» Pronunciando queste parole strinse al petto il librone e le gemme della copertina brillarono alla luce delle fiamme. «Adesso abbiamo dei segreti che ci legano, cattivi e scintillanti» sussurrò, gongolando di gioia.

Vittoria Black rabbrividì, all'improvviso sentiva freddissimo. Recitare la parte della cattiva non le dispiaceva, infatti era Celestine che aveva il primato della bontà, ma qui la situazione era diversa. Più oscura, più pericolosa… In ogni caso, si sforzò di reagire e rivolse un sorriso a Ursulina.

«Cattivi e scintillanti» ripeté.

Capitolo 6

Victoria Black si ritrovò in piedi davanti alla porta della camera di Celestine. L'incontro della notte precedente con Ursulina le aveva lasciato una sensazione strana. Per questo motivo voleva parlare con la sorella, proprio come erano solite fare una volta. Esitò un momento e poi bussò.

«Oh» esclamò Celestine quando aprì la porta, sorpresa di vederla lì.

«Posso entrare?» chiese Victoria Black facendo irruzione senza aspettare una risposta. «Che cosa stai facendo?»

«Creo qualche corona» rispose Celestine indicando

la scrivania, disseminata di perline e cristalli di poco valore.

«Perché?»

«Volevo preparare delle tiare per il ballo dei diplomi. Questa è per Tiska... guarda, ho incorporato cristalli d'acqua blu e verdi. E questa la darò a Tilla, ricorda una coroncina di fiori, ma è realizzata con le gemme.»

Victoria Black provò una fitta acuta di gelosia.

«Ne prepari una anche per me?» chiese.

«Non pensavo che ti interessasse» ammise Celestine. «La vuoi?»

Victoria Black fece spallucce e si sedette alla scrivania accanto alla sorella. Si ricordò di quando, ancora molto piccole, Celestine le aveva costruito una corona di cartoncino e lei l'aveva indossata fino a distruggerla per l'usura.

Celestine avvicinò a sé un foglio di carta e cominciò a farci sopra degli schizzi. Victoria Black la osservò, le piaceva quello *scratch scratch* della matita sulla carta. Aveva fatto bene ad andare dalla sorella, e in quel momento finalmente si rilassò.

«Che ne pensi?» chiese Celestine spingendo il foglio verso di lei. «Ti piace?»

«La adoro!» rispose Victoria Black abbassando lo sguardo sul disegno di una corona alta ed elaborata

– molto più grande di quelle di Tiska e di Tilla – e tempestata di cristalli. Lo schizzo le fece provare un senso di calore e non solo perché rappresentava una bellissima corona.

A Celestine fece piacere, tanto che le scintillarono le antenne.

«Posso aggiungere qualcosa?» propose Victoria Black, frugando nella tasca. Poi tese la mano verso la sorella, reggendo sul palmo qualcosa di grande, appuntito e scintillante.

Celestine restò senza fiato.

«Dove l'hai trovata?»

«Non te lo posso dire» le rispose Victoria Black. «Ma puoi inserirla nella mia corona, per favore?»

Celestine fissò esterrefatta la bellissima stella splendente sulla mano della sorella. La prese e la sollevò, ammirandone il naturale scintillio e quel movimento le procurò un sottilissimo brivido che le fece formicolare il braccio. Fu una sensazione strana e in qualche modo la mise sull'attenti. Che cosa aveva fatto sua sorella per entrare in possesso di un oggetto simile?

«È una pietra falsa» si affrettò ad aggiungere Victoria Black. «Puoi inserirla nella mia corona, per favore?»

Celestine deglutì. Aveva il sospetto che la sorella le stesse mentendo ma non voleva risponderle di no, o indagare con ulteriori domande. Non condividevano un momento simile da molto tempo e non voleva farla scappare.

«Okay» le rispose, appoggiando con estrema cura la gemma stellata sulla parte superiore del disegno.

«Grazie» concluse Victoria Black. Poi le rivolse un sorriso spontaneo e carico di affetto. «Lascia che ti aiuti a realizzare la corona.»

Capitolo 7

«Abbiamo bisogno di un piano» esordì Ursulina quando Victoria Black tornò a trovarla. «Imparare la magia dal *Libro dello Spirillo* è un inizio, ma dobbiamo decidere come vogliamo impiegarla.»

Ancora una volta sedevano entrambe sui funghelli di fronte al fuoco e Ursulina stava preparando il tè all'ortica.

Alla luce del giorno tutto sembrava meno minaccioso e Victoria Black fu contenta di essere tornata. In Ursulina c'era qualcosa di attraente ed entusiasmante e poi erano diventate amiche, o almeno così sembrava.

Inoltre provava l'impellenza di raccontare a qualcuno della corona che Celestine stava realizzando per lei. Perché a tal proposito aveva avuto un'idea.

«Una principessa ha bisogno di un palazzo!» esclamò Victoria Black in maniera trionfante. «E io dovrei vivere in un palazzo come si deve. Potremmo mettere in pratica l'incantesimo del doppio per fare apparire il denaro necessario a comprare tutto ciò che serve per arredarlo. Quando abiterò in un palazzo e indosserò la mia corona, gli spirilli non potranno ignorarmi. In seguito, se quelli propensi a considerarmi la legittima erede al trono saranno abbastanza numerosi, le autorità dovranno ricredersi!»

«Mi sembra un piano a *luuungo* termine, Victoria Black» le fece notare Ursulina, passandole una tazza-ghianda con il tè. «Forse sarebbe meglio concentrarsi su Lord Astrofelio: è lui che ti ha ostacolata ed è lui il consigliere della regina. Lui ha dichiarato impuro il tuo diamante.»

«Già» grugnì Victoria Black, sentendo salire un'improvvisa collera, tanto che quasi rovesciò il tè. Odiava Lord Astrofelio, ma allo stesso tempo lo temeva perché era davvero potente. Tuttavia non poté fare a meno di rimanere delusa per lo scarso entusiasmo di Ursulina per la sua idea.

«Lo hai mai incontrato?» chiese la misteriosa spirilla.

«No, non si è mai scomodato a venirci a trovare! Ha mandato dei collaboratori per assicurarsi che ci comportassimo bene. Una volta gli ho scritto una lettera e lui non mi ha nemmeno risposto di persona.»

«Penso che dovresti scrivergliene un'altra» suggerì Ursulina. «*Insisti* per avere un incontro.»

«A lui non importa niente di me o Celestine» si stizzì Victoria Black. «Non mi considera una regina. Gli importa solo che nella foresta si mantenga il quieto vivere.»

«Tuttavia, io penso che possa essere persuaso a cogliere il tuo punto di vista...» rilanciò Ursulina. «Se tu adoperassi un pizzico di magia su di lui.» Passò la mano sopra la copertina del *Libro dello Spirillo*, e le sue unghie ticchettarono sulle gemme. Nello stesso istante, Victoria Black ebbe un tuffo al cuore.

«Ma non posso lanciare un incantesimo su *Lord Astrofelio*!» esclamò.

«Be', non è ancora necessario...» proseguì Ursulina. «Prima cerca solo di farti invitare per un incontro. Fatti un'idea di che tipo di uomo sia, osserva com'è organizzato il suo studio, come funziona la sicurezza... cose di questo genere. In seguito potremo pianificare le nostre mosse.»

«Okay…» replicò Victoria Black mentre il cuore riprendeva il normale battito. Avrebbe chiesto un incontro e si sarebbe recata da Lord Astrofelio per uno scambio di opinioni. In effetti, non le sarebbe dispiaciuto incontrare la persona che aveva preso una decisione tanto importante in merito alla sua vita, il cui effetto ancora la tormentava. Avrebbe voluto fargli tante domande.

Capitolo 8

Quel pomeriggio, quando Celestine rientrò a casa da scuola, trovò Victoria Black in cucina. Aveva i capelli scompigliati dal vento, come se fosse appena tornata da un lungo viaggio in volo, era senza fiato ma sprizzava gioia da tutti i pori.

«Dove sei stata oggi? Hai saltato la scuola» le chiese Celestine.

«Lo so» replicò la sorella.

«Avrei potuto giustificarti» continuò la gemella «se mi avessi detto che non saresti venuta.»

«Non ho bisogno di giustificazioni» precisò Victoria

Black. «E poi la scuola è quasi finita. Ho cose migliori da fare.»

«Che genere di cose?» chiese Celestine. «E comunque non puoi smettere di venire a scuola proprio adesso, abbiamo bisogno dell'apprendistato... Le autorità non ci garantiranno una rendita di denaro per sempre. E per il ballo dei diplomi? Abbiamo deciso di andare assieme!»

«Oh, ma io ci sarò, ho già il vestito pronto! E tu a che punto sei?»

Celestine aveva l'impressione che la sorella stesse cercando di cambiare argomento.

«Io ancora no» rispose.

«Dovresti indossare qualcosa fatto d'oro» suggerì Victoria Black. «Tu sei dorata, come i raggi del sole. Tutti lo sanno... tu hai la luce dell'oro e io l'oscurità del Diamante Nero.»

Celestine fissò la sorella con sorpresa, certa che le sue non fossero parole ironiche.

«Tu brilli come una stella e sei quella coraggiosa» precisò Celestine.

«La luna e il sole» aggiunse Victoria Black. «Ecco cosa siamo.» Cominciò a canticchiare, frugando nella dispensa in cerca di una merenda e imbattendosi in un barattolo di biscotti.

Ne offrì uno a Celestine e poi ne spezzò un altro a metà per darlo a Stardust, che le svolazzava affamato vicino all'orecchio puntuto.

«Allora, dove sei stata oggi?» ripeté Celestine, sperando che la sorella fosse dell'umore adatto per raccontarle della misteriosa creatura dai capelli bianchi e neri.

Ne avrebbero potuto parlare apertamente, tornando a condividere ogni cosa come facevano una volta.

«Non posso dirti nulla» rispose l'altra. «I miei segreti ti potrebbero rovinare.»

«Non potresti mai rovinarmi» affermò Celestine. «Sei l'altra metà di me.»

«La metà cattiva» precisò Victoria Black e un guizzo di malizia le brillò negli occhi.

«Siamo nate dallo stesso diamante» proseguì la gemella. «Le nostre bacchette magiche sono fatte dello stesso cristallo! Di fatto, io so sempre quando fai danni con la tua bacchetta perché la mia comincia a scintillare. E, ultimamente, ha scintillato parecchio.»

«*Uhm*» commentò la sorella, e Celestine ebbe il presentimento che stesse per perderla, perché Victoria Black si stava dirigendo verso la porta.

«Ho ricevuto una lettera in risposta alla mia richiesta di apprendistato!» si affrettò a informarla. «Dalla gioielleria di Saltaticchio!»

«Oh!» esclamò Victoria Black e un lieve smorfia di preoccupazione le adombrò il viso. «Che cosa dice?»

«Che hanno già un praticante...» replicò Celestine. «Ma non importa, ho spedito tantissime lettere.»

«Io non ci perderei troppo tempo» continuò la gemella. «Presto non avrai alcun bisogno di un apprendistato, saremo principesse e vivremo a palazzo reale!»

Celestine corrugò la fronte. La gemella si mostrava sempre sprezzante riguardo i suoi sogni.

«Le autorità non cambieranno mai idea sul nostro diamante» ribatté.

«Lo faranno» sentenziò perentoria Victoria Black. «Vedrai, adesso ho un piano.»

«Che piano?» chiese Celestine.

«È un segreto» rispose la sorella e le antenne di Celestine sibilarono per la frustrazione.

«Forse io *voglio* un apprendistato!» sbottò all'improvviso. «Forse mi appassiona l'arte di creare gioielli, proprio come tu hai la passione di diventare regina!»

Victoria Black scoppiò a ridere, incredula.

«Sì, come no!» replicò.

Celestine la fissò, turbata, e gli occhi le si riempirono di lacrime. «È questo che pensi di me?» chiese. «Che non abbia dei sogni?»

«Non ho detto questo» ribatté la gemella con una

punta di disagio. «Forse però i tuoi sono un tantino più piccoli dei miei.»

«E con questo?» insistette Celestine. «Per me sono comunque importanti.»

Victoria Black si girò di spalle per nascondere il viso. Quindi imboccò le scale con passo svelto per scappare via e il mantello dietro di lei si gonfiò, luccicando.

«Certo, scappa via!» gridò Celestine rincorrendola su per le scale. «Non ti importa niente di avermi ferita!»

«Certo che mi importa!» urlò Victoria Black ruotando su se stessa. Allora Celestine notò lo scintillio delle lacrime che le rigavano il viso. «Tu non capisci! *IO* SONO IL DIAMANTE NERO! *Io* rovino ogni cosa! Se non fosse per me, tu apparterresti alla casata reale, con la regina Cassiopea come madre e il principe Arturo come padre. Adesso avresti la famiglia che meriti.»

«Che cosa?» domandò confusa Celestine.

«È così!» strillò Victoria Black. «Il diamante sarebbe stato puro, se non ci fossi stata anche io al suo interno!»

«Come fai a saperlo?» chiese Celestine. «Nessuno lo può sapere!»

«Io lo so e basta» ribatté Victoria Black infilando la porta di camera sua. «E sono convinta che avresti preferito una famiglia normale piuttosto di avere solo me.»

«Per niente!» la smentì Celestine. «Preferisco te a qualsiasi altra famiglia! *Tu* sei la mia famiglia.»

«Davvero?» chiese Victoria Black socchiudendo la porta.

Celestine fece cenno di sì con il capo.

«Vorrei soltanto che condividessi i tuoi segreti con me...» continuò. «Non voglio che tu finisca nei guai. Dove hai preso la gemma stellata?»

«Non te lo posso dire, è per il tuo bene» concluse Victoria Black.

Celestine sospirò per la frustrazione e all'improvviso qualcosa ruppe gli argini dentro di lei. «Ti ho vista, sai!» esordì. «Lontano, nei boschi a nord, con quella ragazza. Potresti raccontarmi di questo!»

Victoria Black sbatté le palpebre, scioccata.

Celestine fece per aprire bocca per aggiungere qualcos'altro e poi la richiuse. Il viso della sorella era privo di espressione e i suoi occhi erano vitrei. Nel corridoio scese un'atmosfera gelida.

«Mi hai *spiata*?» chiese Victoria Black dopo qualche secondo. La sua voce era bassa e controllata, ma Celestine avvertì lo stesso un senso di pericolo.

«No, stavo... mi accertavo che tu non fossi in pericolo» balbettò.

«Mi stavi spiando!» gridò Victoria Black spalancando

la porta. L'espressione spenta si tramutò in rabbia, gli occhi diventarono due fessure. Celestine arretrò.

«Come hai osato tradirmi?» gridò la gemella. «Proprio tu tra tutti gli spirilli! A te non importa della mia sicurezza! Tu volevi soltanto scoprire che cosa stessi facendo!»

Celestine s'infiammò per l'indignazione.

«Questo non è vero!» urlò. «E tu lo sai! A me interessa la tua sicurezza! *Morirei* se ti capitasse qualcosa!»

«Che cosa hai visto?» domandò Victoria Black.

«Niente» ammise Celestine. «Ho solo visto che parlavi con una spirilla che non conosco. E poi me ne sono andata.»

Victoria Black la gelò con lo sguardo prima di girare i tacchi e rientrare in camera sua come una furia, tanto che il mantello si sollevò alle sue spalle, andando a colpire le stelline che pendevano dal lampadario nero. Le antenne le vibrarono violentemente sparando scintille di colore argento, prugna e verde acido come un minuscolo fuoco d'artificio.

«Aspetta!» azzardò Celestine.

Ma Victoria Black le chiuse la porta in faccia.

Capitolo 9

«Vorrei che questa maledetta estate finisse» si lamentò Victoria Black il pomeriggio seguente. Era seduta accanto a Ursulina sul funghello, ingobbita sotto un parasole. «Odio l'estate. A me piacciono le notti fredde, i rami spogli e le stelline di brina. Voglio il mio mantello nero di velluto con la fodera di raso rosa. Voglio i miei stivaletti glitterati con i lacci e le calze a righe bianche e nere. Odio questa stupida stagione.» Era di pessimo umore.

«Che c'è che non va?» chiese Ursulina. «Sembri nervosa.»

«Oh, niente di importante» rispose Victoria Black.

«Okay...» commentò l'altra prima di aprire le pagine del *Libro dello Spirillo*. «Sei riuscita a scrivere a Lord Astrofelio?»

«Sì» replicò con un'espressione più furiosa che mai. «Ma scommetto che non mi risponderà.»

«Forse» osservò Ursulina scrutando l'amica con occhio indagatore. «Che ne dici se oggi proviamo l'incantesimo del doppio? Hai una moneta?»

Victoria Black scosse il capo e allora Ursulina rimediò sfilandosi un braccialetto e posizionandolo a terra, proprio di fronte a loro.

«Fai pratica con questo» la invitò. «Devi solo pronunciare la formula correttamente: *Spiriduplioral!* Prova tu.»

Victoria Black ripeté la parola magica alcune volte, cercando di mettere l'accento sulle sillabe giuste.

«Brava!» la elogiò Ursulina. «Adesso prova con la bacchetta magica!»

«*Spiri-duplio-ra!*» gridò lei con una certa rabbia, puntando la bacchetta sul braccialetto. Immediatamente ne apparve un altro identico che si posò accanto al primo con un leggero tintinnio.

«Hai un talento naturale!» notò Ursulina. «Hai pronunciato l'incantesimo con tale passione!»

Victoria Black ripose la bacchetta in grembo. «La mia gemella aveva un segreto!» sbottò all'improvviso.

«Un segreto?» ripeté Ursulina. «Che cosa intendi dire? Non abbiamo tutti dei segreti?»

«Mi ha seguita fin qui!» raccontò Victoria Black con rabbia. «Celestine mi ha spiata!»

«Che cosa ha fatto?» Ursulina sbiancò.

«Che faccia tosta!» strillò ancora l'altra alzandosi in piedi e gettando per terra il parasole.

Ursulina, allarmata, si scostò dal funghello e fece ondeggiare la bacchetta magica. Immediatamente le due sedute sparirono senza lasciare traccia.

«Dobbiamo andarcene» ordinò. «Adesso! Nessuno deve scoprire dove mi trovo, mai!»

Ursulina cominciò a rassettare, prendendo il *Libro dello Spirillo* e la teiera ed entrando di corsa nel carrozzone per metterli via. Poi estrasse dal terreno i due pali che aveva piantato per reggere il filo del bucato.

«Ti aiuto» si offrì Victoria Black raccogliendo i due piattini, appoggiati per terra vicino alle braci spente. Poi corse a riporli dentro al carrozzone. Allora colse l'occasione per allungare il collo e dare una sbirciata. All'interno era tutto in ordine e pulito, in un angolo c'era un lettino con un copriletto trapuntato e un patchwork di tanti colori. Dal soffitto pendevano dei mazzetti di erbe e negli scaffali erano sistemate file e file di bottigliette di vetro piene di ingredienti per pozioni.

E poi, gettato su una sedia di vernice rossa per la fretta, c'era il *Libro dello Spirillo*, con le gemme di tanti colori splendenti e luccicanti. La bacchetta magica le cominciò a vibrare. Le sarebbe stato utile possederne una copia tutta per sé. Anzi, la futura regina *avrebbe dovuto* avere una copia personale. Inoltre, si sarebbe sentita più al sicuro durante i suoi incontri con Ursulina. Quindi sporse la testa fuori dal carrozzone per vedere che cosa stesse facendo l'amica, che in quel momento era intenta a camminare avanti e indietro intorno alla piccola radura, per cancellare qualsiasi traccia della loro presenza. Allora Victoria Black ficcò di nuovo la testa dentro al carrozzone e puntò la bacchetta in direzione del libro.

«*Spiriduplioral!*» sibilò. Subito, mille scintille sgorgarono dalla stella diamantata sulla punta della bacchetta e, appena furono svanite, accanto all'originale si trovava una copia identica del *Libro dello Spirillo*. Dopo un'occhiata furtiva all'esterno, la afferrò e la infilò nella borsa. Quindi raggiunse Ursulina fuori e la aiutò a mettere a posto le ultime cose.

«Uffa, che cavoli!» borbottò Ursulina mentre chiudeva la porta del carrozzone. «Mi piaceva questo posto!»

«Ma perché devi andartene?» chiese Victoria Black. «Celestine non ci ha viste con il libro.»

«Ma lei sa dove vivo!» ribatté Ursulina. «E invece non

lo deve scoprire nessuno!» Indietreggiò di qualche passo e puntò la bacchetta magica verso il carrozzone, borbottando formule magiche sottovoce. Con un cigolio, le ruote si animarono e la casa ambulante avanzò sul terreno disseminato di ramoscelli e di radici di alberi, traballando per gli scossoni. Victoria Black e Ursulina lo seguirono e sembrarono camminare per un lungo tragitto. Victoria Black, infatti, pensò che se prima si erano trovate in una terra remota e disabitata, adesso le era evidente che nella foresta esistevano dei luoghi ancora più oscuri e isolati. In quella zona non c'era alcun segno di vita, neanche il più selvaggio dracoletto, e gli alberi erano così filiformi e ravvicinati che sopra di loro si stagliava solo il fitto delle foglie a formare un tetto spesso e nero, attraversato da spilli di luce splendenti nel cielo della notte. Era talmente buio che entrambe accesero le bacchette magiche, quella di Ursulina emetteva una lucina verde smeraldo e quella di Victoria Black era bianca come il diamante.

Alla fine arrivarono in una piccola area buia circondata da cinque tronchi nodosi.

«Qui può andare bene» disse Ursulina.

«È così tetro...» osservò Victoria Black.

«Non posso farci niente!» esclamò l'altra, sedendosi per terra e appoggiando la testa contro le ginocchia.

«Mi devi promettere» continuò «che mai e poi mai svelerai dove mi trovo ad anima viva, e che starai attenta a non farti seguire da nessuno fino a qui.»

«Va bene» replicò l'altra. «Prometto che farò attenzione. Adesso, mi dici da dove provieni?»

«Va bene» rispose Ursulina. «D'accordo. Ma tu dovrai giurare sulla tua stessa vita che rimarrà un segreto.»

«Lo giuro!» replicò Victoria Black.

«Okay» proseguì Ursulina. «Allora ascolta.»

Capitolo 10

«Ho sempre saputo di essere diversa. Come te, ho sempre saputo di essere destinata a grandi cose. E poi, da piccola, ho trovato qualcosa…»

«Il *Libro dello Spirillo*!» la interruppe Victoria Black.

«Sì» confermò Ursulina. «Era in uno scomparto segreto nel muro, dietro l'armadio di camera mia. Deve essere rimasto nascosto lì per più di cent'anni!»

«Wow» sospirò Victoria Black, desiderando che una scoperta così strabiliante fosse toccata a lei. «Come pensi che sia arrivato fin lì?»

«Non lo so» rispose l'altra. «Immagino che, in

passato, qualche spirillo esperto di potenti arti magiche abbia vissuto in casa mia. Probabilmente un incantesimo ha impedito che venisse ritrovato durante le ricerche. Chissà, forse era destinato proprio a me: un segno che io sono diversa dagli altri spirilli. Che io sono speciale!»

«*Uhm*» fece Victoria Black, corrugando la fronte.

«Appena sono diventata abbastanza grande sono scappata via» proseguì Ursulina. «Sono venuta qui al nord proprio per avere il tempo e lo spazio necessari per fare pratica con tutte le formule magiche del libro.»

Così dicendo, guardò l'amica di sottecchi.

«Diventeremo le spirille più potenti della foresta» commentò. «I nostri nomi saranno sui libri di storia.»

Victoria Black annuì, ma non era sicura di apprezzare dove il discorso stava volgendo. Che cosa intendeva con "noi"?

«Assieme saremo formidabili» aggiunse Ursulina. «Quando sarai regina avrai bisogno di una consigliera!»

«Ma sarò io al potere» sottolineò Victoria Black. «E non dimenticare che anche Celestine sarà una principessa.»

«Certo» confermò l'altra, con un lampo impercettibile negli occhi. «Sarai tu la protagonista. Ma ricorda, io sono quella che possiede il *Libro dello Spirillo*.»

«Bene» concordò Victoria Black, cercando di ignorare un crescente senso di disagio e turbamento.

«Mi devi giurare di non raccontare a nessuno quello che ti ho svelato» insistette Ursulina. «Ricorda, io e te siamo legate dai segreti. Se qualcuno scoprisse che abbiamo il libro proibito, allora ce lo ruberanno e finiremo in prigione. E se io venissi arrestata, be'... dovrò dichiarare alle autorità che tu sei stata mia complice.»

«Non lo dirò a nessuno» promise Victoria Black, sentendosi improvvisamente spaventata di fronte a qualcosa al di fuori della sua portata. Ursulina la stava minacciando? Non aveva mai pensato alla concreta possibilità di finire in prigione prima di quel momento, ma l'amica aveva ragione... I loro piani erano malvagi, *criminali.* Rabbrividì.

«Lo so che non lo farai» sorrise Ursulina e tutt'a un tratto il senso di fiducia fu ristabilito e Victoria Black si ricordò che erano amiche. Erano dalla stessa parte, unite contro il resto di Selva Spirilla.

Capitolo 11

Quando tata Evelina aprì la porta, Victoria Black era in casa. Le tate avevano il permesso dalle autorità di entrare senza bussare. Naturalmente, Victoria Black si arrabbiò.

«Sono passata a vedere come state» sorrise la tata. «Come ve la siete cavate, dopo la mia ultima visita? Ho portato un po' di provviste per riempire la credenza.»

Victoria Black adocchiò i sacchetti di carta che la tata reggeva tra le braccia e poi notò qualcos'altro.

«Che cos'è quella?» chiese indicando una busta dorata.

«Oh, è per Celestine!» rispose tata Evelina. «Era sullo zerbino. Sembra importante, vero?»

«Già» sussurrò Victoria Black sentendo l'ansia crescere dentro di lei. Non sembrava proprio come le altre lettere di rifiuto che erano arrivate.

«La porto a Celestine» disse strappando la busta di mano alla tata e affrettandosi fuori dalla cucina e su per le scale verso la camera di Celestine. Era ancora arrabbiata con la sorella, ma voleva sapere chi mandava quella missiva. Quindi bussò alla porta e, sentendo i mormorii sommessi di sua sorella e le amiche, ebbe un tuffo al cuore.

«È arrivata questa per te» disse quando la porta si aprì. Poi ficcò la lettera in mano alla gemella e rimase ad aspettare, le braccia conserte e un piede che batteva sul pavimento.

Celestine la aprì immediatamente, aiutandosi con le unghie. Al primo strappo si sprigionò una nuvola di scintille e, quando estrasse il cartoncino rigido color panna, fuoriuscì anche una pioggia di paillettes dorate a forma di stella, che andò a depositarsi sul pavimento.

«Che cos'è?» chiese Tiska, che si era avvicinata per sbirciare alle spalle di Celestine.

Con molta cura, Celestine spiegò il cartoncino e cominciò a leggere.

«È da parte della gioielleria Ducadoro!» rispose. «Mi vogliono vedere per un colloquio!»

«Ducadoro!» commentò Tilla dall'interno. «*Quel* Ducadoro?»

«Sì» confermò Celestine con le guance rosse di emozione.

«Ma è fantastico!» esultò Tiska. «Se otterrai l'apprendistato potremo vivere insieme a Rivomago!» E immediatamente si lanciò su Celestine, stringendola in un abbraccio. «Bravissima!»

Victoria Black fece un passo indietro con un nodo alla gola. Attese qualche altro istante, ma Celestine non incrociò nemmeno il suo sguardo, intenta com'era a fissare la lettera con incredulità, circondata da Tiska e Tilla.

Allora Victoria Black girò sui tacchi e si allontanò impettita.

Capitolo 12

«Sono agitata» confessò Celestine a Victoria Black una volta arrivate al binario della stazione di Saltaticchio. Aveva messo il suo mantello più elegante, di un bel color crema e con i ricami di stelline dorate. I capelli li aveva raccolti, appuntandoli all'indietro con i fermagli gioiello, una sua personale creazione. Ai piedi indossava un paio di stivaletti glitterati e in mano reggeva una raffinata valigetta, chiusa da una clip di metallo a forma di stella.

«Dov'è il treno?» chiese Victoria Black allungando il collo lungo la pensilina nel tentativo di avvistarlo. «Non abbiamo tutto il giorno!»

Alla fine, si udì un fischio in lontananza e un suono metallico che diventava sempre più forte a mano a mano che il treno si avvicinava. Il Grande Spirillo Express entrò in stazione e fermò la sua corsa al binario, con gli sbuffi di fumo cristallino che si levavano altissimi e il riverbero della sfolgorante vernice rosso rubino nella luce del mattino. Un elegante spirillo con un completo verde salvia dalle rifiniture dorate saltò fuori da uno dei vagoni e tenne la porta aperta.

«Tutti a bordo!» gridò allegramente.

Celestine si accomodò su un sedile con il tavolino e Victoria Black si sistemò di fronte a lei.

«Grazie per avermi accompagnata, oggi» esordì Celestine mentre il treno partiva con uno scossone. Fuori dal finestrino, i fiori e le radici ai piedi degli alberi scorrevano come lampi.

«Tranquilla» la rassicurò Victoria Black accomodandosi meglio nel sedile. Oltre ad accompagnare la sorella a Rivomago, lei aveva i suoi programmi. Infatti era riuscita a ottenere un appuntamento con Lord Astrofelio! Quindi, per distrarsi dal senso di colpa, cominciò a rovistare nella borsa, tirò fuori un grande giornale e lo aprì a coprire il viso.

«Come mai leggi il quotidiano?» chiese Celestine.

«Tanto per cambiare» replicò l'altra.

Victoria Black non stava affatto leggendo il quotidiano, era concentrata su alcune pagine che aveva strappato dal *Libro dello Spirillo*. Aveva dedicato tutta la settimana alla lettura del tomo, nascosta in camera sua. Era un volume denso e affascinante, ricco di informazioni che le era proibito imparare, e questo lo sapeva bene. Esercitarsi negli incantesimi le dava un brivido di piacere, soprattutto in quelli più oscuri che nessuno spirillo aveva mai appreso. Invece lei leggeva di sortilegi per creare veleni, per rompere le ossa e di pozioni dall'aspetto innocuo in grado di manipolare chiunque. Victoria Black sprofondò nell'accogliente sedile del treno, provando un senso di perfida soddisfazione.

Dopo qualche istante un tintinnio precedette l'apparizione di un aggeggio grande e dorato, simile a un trolley, spinto da una spirilla dai capelli color pesca che continuava a soffiare grandi bolle verde limone con la bocca, fino a farle esplodere con un forte *SNAP!*

«Gradite qualcosa?» chiese.

«Delle stelline di cioccolato, per piacere» chiese Victoria Black. «E due tramezzini alla crema di funghi e cetriolini. Pago io.» Quindi prese il borsellino e versò sopra il tavolino una montagnetta di monete d'oro grandi e spesse.

Celestine la osservò sorpresa.

«E queste dove le hai prese?» chiese.

«Ho risparmiato» spiegò la gemella.

Celestine era confusa, ma al tempo stesso sapeva benissimo che sarebbe stato meglio non porre altre domande. Si erano appena riappacificate e lei sprizzava ancora gioia nel vedere la sorella così entusiasta di accompagnarla a Rivomago. Il treno continuò la sua corsa attraverso la foresta screziata dai raggi del sole; più si avvicinava a Rivomago e più il vagone si affollava. Prima di arrivare a destinazione tutti i sedili vennero occupati e Victoria Black dovette cedere con sua grande frustrazione il posto al suo fianco a uno spirillo con lunghi baffi arricciati color argento. Aveva discusso con quel tizio e lui aveva minacciato di denunciarla.

«Devi stare più attenta, davvero!» le suggerì Celestine quando scesero dal treno. «Uno di questi giorni finirai per cacciarti in guai seri!»

«*Ufff*» ribatté Victoria Black senza prestarle attenzione. Al contrario, stava guardando il magnifico panorama attorno a sé. La stazione di Rivomago era sfarzosissima e superava in bellezza qualsiasi altro posto di Selva Spirilla. Dai cornicioni pendevano ricche decorazioni dorate e in bella mostra davanti all'ingresso c'era una statua a grandezza naturale della regina Cassiopea, cesellata nel quarzo rosa e abbellita da una corona con pietre semipreziose.

«Ti ricordi quando siamo venute qui con tata Rosella per far realizzare le nostre bacchette magiche?» chiese Celestine mentre uscivano dalla stazione e si avviavano per un via trafficata, lungo la quale erano state costruite tra gli alberi file di botteghe carinissime dalle minuscole finestre di vetro satinato. «Avevo dimenticato quanto fosse bello!»

Alla fine della via svoltarono l'angolo e si trovarono

in un viale più grande, pavimentato con lastre di pietra color sabbia. Anche gli alberi erano più imponenti, querce e faggi enormi... una parata di tronchi separati da una lunga fila di fiori, sotto ai quali erano state posizionate delle fantastiche panchine dorate.

Celestine notò che gli spirilli che le occupavano sfoggiavano abiti eleganti e costosi. E fu felice di avere indossato il suo mantello migliore.

Victoria Black non stava guardando gli altri spirilli perché era affascinata solo dal grande viale che conduceva al palazzo reale: era proprio una meraviglia. Il palazzo era l'albero più imponente di tutta la foresta. Era alto, vecchio, nodoso e con una chioma ampissima fatta da un intrico di rami che maestosamente si allungava nel cielo. In diversi punti del tronco erano state costruite delle torrette con le guglie e gli eleganti finestroni avevano i balconi ornati. Da alcune porte dei piani superiori partivano spirali di passerelle esterne in legno che si inerpicavano tra le foglie e conducevano agli alloggi della servitù, tra i rami più alti.

A un certo momento Victoria Black cominciò a correre e il mantello nero si sollevò dietro di lei. Raggiunse la recinzione che circondava il palazzo e premette il viso tra i ghirigori di foglioline dorate.

«È qui che dovremmo vivere!» esclamò quando Celestine la raggiunse. Quindi allungò un braccio oltre la recinzione e puntò il dito. «Proprio lì! Noi, le principesse!» Si voltò verso la sorella col fiatone e le antenne che emettevano scintille simili a fuochi d'artificio. «Oggi ho alcune faccende da sbrigare» disse. «Ti raggiungo dopo il colloquio. Buona fortuna!»

CAPITOLO 13

Celestine aprì la porta della gioielleria Ducadoro e dal fondo della bottega risuonò un debole tintinnio. L'ambiente era chiaro e luminoso e dal soffitto pendeva un grande lampadario variopinto. Gocce di cristallo proiettavano i colori dell'arcobaleno sulle pareti, ricoperte di teche di vetro stracolme di luminosissimi pezzi di gioielleria. Il baluginio degli zaffiri ricordava il cielo notturno, lo scintillio multicolore degli opali sembrava il riflesso delle stelle e i rubini ardevano come braci. Celestine trattenne il fiato mentre si guardava attorno. Poi indirizzò lo sguardo verso il bancone, dove si trovava un uomo vecchio e minuto intento a studiare una coroncina di pietra di luna con la lente d'ingrandimento. Aveva la pelle verde smeraldo, una barba puntuta sempre verde e il viso rugoso. Si trattava di Ducadoro in persona.

Ducadoro si sedette alla scrivania del retrobottega e scrutò Celestine con un sorriso.

«Hai portato qualcosa da mostrarmi?» le chiese. Celestine annuì e all'improvviso si sentì invasa dalla timidezza. Ciononostante, posò la sua valigetta sulla scrivania e fece scattare la chiusura a forma di stella.

«Ultimamente, ho creato molte corone» spiegò. «Per il ballo dei diplomi di sabato prossimo.» Delicatamente, estrasse la corona con motivi floreali di Tilla dalla valigetta e la depose sulla scrivania. I preziosi boccioli di rosa brillarono sul sostegno circolare in fil di ferro intrecciato.

«Geniale!» commentò Ducadoro. Celestine si sentì un po' più sicura e sollevò la tiara di Tiska per esporla alla luce. I cristalli di acquamarina emanavano bagliori verdi e blu che danzavano sulle pareti della stanza. Anche in questo caso, Ducadoro borbottò la sua approvazione.

«Questa l'ho realizzata per me» dichiarò Celestine estraendo una coroncina in filigrana dorata impreziosita da gemme colorate. «E questa è per mia sorella.» Quindi prese il suo blocco degli schizzi e mostrò a Ducadoro il bozzetto con la corona di Victoria Black. «Era troppo grande per portarla nella valigetta.»

«È un gioiello a forma di stella quello che hai disegnato?» chiese il vecchietto studiando il disegno.

«Oh… *uhm*… sì» ammise Celestine, sentendosi avvampare. «È finto, ovviamente.»

«Certo» replicò Ducadoro. Scese dalla sedia con un balzetto e cominciò a camminare per la stanza. «Mi piace la tua creatività» la elogiò. «Si vede che questa è la tua passione!»

«È così!» ammise Celestine. «Creare gioielli è la cosa che ho sempre desiderato fare. Voglio rendere luminosi gli spirilli!»

Sul viso vecchio e rugoso di Ducadoro comparve un sorriso e le sue antenne tintinnarono di emozione.

«Sarò lieto di offrirti l'apprendistato!»

Capitolo 14

Dopo avere salutato Celestine, Victoria Black aveva girato attorno al palazzo reale fino a portarsi sul retro, dove si trovavano gli alberi con gli uffici di stato, e aveva bussato con veemenza alle porte di un grande platano.

«Ho un appuntamento con le massime autorità» dichiarò non appena le porte si aprirono.

Poi l'avevano condotta in un grande stanzone dall'aria solenne al cui centro era posizionata una scrivania e le era stato chiesto di attendere seduta sulla sedia. Victoria Black si accomodò, battendo il piede sul pavimento per l'impazienza, fino a quando uno spirillo molto elegante dai capelli color nocciola non comparve e le fece cenno di seguirlo. Lui la guidò su per una scala a chiocciola, poi percorsero un ballatoio ricoperto di moquette fino a raggiungere una porta che aveva una placca dorata con su scritto LORD ASTROFELIO.

Appena la porta si aprì Victoria Black provò un senso di agitazione. Lord Astrofelio era lo spirillo più importante di tutta la foresta, regina esclusa. Si ritrovò a trattenere il fiato, cercando di ricordarsi di gestire l'incontro come le aveva chiesto Ursulina. La porta si spalancò e lei entrò in uno studio che odorava fortemente di legno, cera per lucidare e vecchi libri.

Accanto a un alto finestrone, Lord Astrofelio sedeva a una grande scrivania di quercia dove stazionavano pile di fogli, penne e calamaio. Indossava una cappa verde smeraldo e la barba era così lunga che l'aveva spinta oltre la spalla: aveva un aspetto vetusto.

«Buon pomeriggio, Victoria» esordì.

«Victoria *Black*» lo corresse lei. Svelta, attraversò la stanza per andarsi a sedere sulla sedia di fronte alla scrivania, e in quel momento notò che non c'erano guardie della sicurezza nei paraggi. A Ursulina avrebbe fatto piacere. Tuttavia, non riusciva a non provare un senso di soffocamento al pensiero di tentare un incantesimo su un uomo così autorevole. Avrebbero osato tanto? Se lei e Ursulina fossero state catturate... be', meglio non pensarci.

«In che modo posso esserti utile?» chiese Lord Astrofelio. «Tu e tua sorella avete bisogno di denaro? Avresti potuto scrivermi, i miei collaboratori sono a vostra completa disposizione per tutto ciò vi serve.»

«No, grazie» replicò Victoria Black, offesa. Questo era lo spirillo che le aveva condannate a una vita ordinaria ed era contento di delegare ogni incombenza ai suoi collaboratori, membri meno influenti del consiglio degli spirilli. Non si era mai degnato di far loro visita, nemmeno una volta. A ogni modo, Victoria Black cercò di contenere le sue emozioni.

«Va tutto bene?» chiese Lord Astrofelio. «La casa che vi abbiamo messo a disposizione è confortevole?»

«Sì, grazie» rispose lei. «Ma non sono venuta per parlare di questo.» E poi indicò la corona che portava in testa. «Sono venuta per parlare di questa.»

«Ah» borbottò l'altro con un'espressione corrucciata.

«Io e mia sorella siamo di sangue reale» proseguì lei. «Siamo nate da un diamante, dunque dovremmo essere le principesse e vivere a palazzo. Io sono nata per prima e Celestine per seconda, quindi sono io l'erede al trono in linea di successione, quando la regina Cassiopea morirà.»

«Il diamante era impuro» le ricordò Lord Astrofelio in tono pratico. «Lo esaminai io stesso. I membri reali nascono da diamanti purissimi, sempre. Temo che il vostro diamante sia stato un esemplare anomalo.»

«Ma era comunque un diamante!» insistette Victoria Black. Iniziava ad accalorarsi, le familiari avvisaglie della rabbia cominciavano a bruciarle dentro. «Che importa se era intaccato da una venatura nera?»

«Capisco perfettamente perché sei arrabbiata» la rabbonì Lord Astrofelio senza avere però un'aria particolarmente comprensiva. «Ma la decisione è stata presa tanto tempo fa. Adesso è troppo tardi per modificare il corso degli eventi. Dobbiamo semplicemente attendere la nascita del prossimo bebè diamantino.»

«Io *non* sono arrabbiata» replicò Victoria Black, sforzandosi di sorridere e al tempo stesso stringendo i pugni contro i fianchi. «E che cosa succederebbe se non si schiudesse un altro diamante prima della fine del regno della regina Cassiopea?»

«Be', in tal caso penso che si possa prendere in considerazione la tua posizione» concesse Lord Astrofelio. «Ma sinceramente dubito che ciò possa accadere. Di sicuro prima di quel momento comparirà un altro diamante.»

«Ma non è giusto!» protestò Victoria Black, a questo punto incapace di controllare le sue emozioni. «Ci dite che non siamo degne come eredi alla corona e poi ci tenete in questa sorta di limbo, per ogni eventualità! Siamo sotto i vostri riflettori da quando siamo nate. Non ci permettete di vivere a palazzo ma neanche di crescere in una famiglia normale!»

Imbarazzato, Lord Astrofelio iniziò a spostare dei fogli sulla scrivania e un piccolo accenno di rimorso gli fece contrarre il viso, altrimenti privo di emozioni.

«Volevate solo tenerci sotto controllo!» proseguì Victoria Black. «Come se fossimo di vostra proprietà, *nel caso* aveste avuto bisogno di noi in un *potenziale* futuro! Non avete nemmeno permesso che venissimo adottate, non abbiamo genitori! A Celestine sarebbe piaciuto crescere in una famiglia, sa?»

Victoria Black si fermò e, senza volerlo, fulminò Lord Astrofelio con lo sguardo corrugando le sopracciglia nere in un nodo di rabbia. Fino a quel momento non si era resa conto di quanto tutto ciò fosse importante per lei.

«Mi dispiace» ammise Lord Astrofelio dopo qualche istante e questa volta lo sembrava davvero. «Ma le circostanze erano senza precedenti, non si era mai verificato niente del genere nella storia di Selva Spirilla. Volevamo controllarvi per… ogni eventualità.»

«Ma quale eventualità!» sbottò Victoria Black come una furia. «Quella in cui finalmente gli altri spirilli avessero recuperato il senno e avessero capito che io e Celestine siamo le principesse e dovremmo vivere a palazzo come legittime eredi al trono?»

Lord Astrofelio apparve visibilmente sopraffatto da quell'ondata di emozioni.

«Il diamante *era* impuro e questo è un fatto» disse dopo una pausa. Poi giunse i polpastrelli senza unire i palmi delle mani. «La mia priorità è sempre stata quella di mantenere l'ordine e l'armonia a Selva Spirilla e pertanto dobbiamo attenerci alle regole. Non vogliamo che gli spirilli pensino che il trono è alla mercé di chiunque!»

Victoria Black prese un respiro profondo e si morse la lingua, cercando di calmarsi: in quella situazione era difficile pensare con razionalità. Lei non era *chiunque*. Lei era nata da un diamante!

«Devi fare più attenzione» aggiunse Lord Astrofelio in tono serio. «Mi sono giunte voci delle tue bizzarrie: andartene in giro a dire che sei l'erede legittima e indossare una sciocca corona a scuola… Le ho considerate come dei giochi da bambina, ma adesso mi accorgo che la faccenda è molto più seria. Ti terrò sotto controllo, d'ora in avanti. Non sopporterei di vederti finire nei guai.»

«Veramente non credo che gliene importi un fico secco!» lo rimbeccò Victoria Black. Le parole le erano uscite di getto. Lord Astrofelio inarcò un sopracciglio, gli occhi fissi su di lei.

«Non è questo il modo di parlare a un adulto!»

La spirilla digrignò i denti in una morsa letale: doveva chiudere la bocca, porgere le sue scuse e sorridere. Ursulina l'aveva intimata di controllare il suo caratteraccio.

«Penso che sia meglio che tu te ne vada» la invitò Lord Astrofelio guardando l'orologio sulla parete, fatto con un meccanismo di stelline e lune rotanti. «Oggi mi attendono delle riunioni importanti.»

Una rabbia incandescente fece esplodere Victoria Black.

«Che cosa può essere più importante di questo?» strillò alzandosi di scatto e pestando il piede per terra.

A quel punto, Lordo Astrofelio allungò il braccio verso un pulsante sulla scrivania e lo premette. Le guardie di sicurezza fecero il loro ingresso nello studio e Victoria Black le guardò inorridita.

«Non ho altro da aggiungere» concluse. «Le guardie ti scorteranno fuori dal palazzo. Arrivederci, Victoria Black.»

Durante il viaggio di ritorno in treno, Victoria Black non proferì parola. Quando Celestine la raggiunse, con le antenne che frizzavano di gioia per il suo meraviglioso colloquio, a stento sorrise.

«Fantastico» commentò mentre salivano sul treno. «Brava, Celestine.» Quindi si accomodò su un sedile e per tutto il viaggio guardò fuori dal finestrino, col volto scuro come un temporale.

Capitolo 15

«Vorrei che non ti fossi arrabbiata in quel modo!» la accusò Ursulina quando Victoria Black la incontrò nell'atmosfera cupa e tenebrosa del nuovo nascondiglio. «Adesso per noi le cose si complicano!»

«Lo so» ammise Victoria Black. «Ma non sono riuscita a trattenermi! Mi ha fatto infuriare!» Accarezzò Stardust per calmarsi con la piacevole sensazione dello strofinio del suo nasino su di lei.

«Almeno hai scoperto cosa pensa davvero di te» proseguì Ursulina. «Ed è interessante sapere che potresti essere tu la prescelta al trono, se non si schiuderà un altro diamante prima della morte della regina Cassiopea...» Fece una pausa e allungò lo sguardo su Victoria Black. «Se solo l'assassinio non fosse un'azione tanto malvagia...»

Victoria Black ricambiò lo sguardo e all'improvviso si sentì in colpa. Non le piaceva il comportamento di Ursulina, non la sentiva molto... *amichevole*. Eppure erano amiche, no? E invece le sembrava che Ursulina la giudicasse per i suoi sentimenti. Era vero, non era riuscita a controllare la rabbia di fronte a Lord Astrofelio, ma lui le aveva rovinato la vita!

«La regina sarà al ballo dei diplomi il prossimo Stelladì...» rifletté Ursulina. «E di solito pronuncia un discorso, giusto? Dal balcone del palazzo?»

«Sì» grugnì Victoria Black. «Ma fermati qui, Ursulina. Non possiamo recare danno alla regina Cassiopea. E in ogni caso ho promesso a Celestine che non avrei rovinato il ballo in alcun modo.»

«Allora colpiremo Lord Astrofelio» proseguì l'altra. «Devi trovare il modo di avvicinarlo di nuovo, così potrai fargli l'incantesimo della persuasione a lunga durata.»

«Non riuscirò mai ad avere un altro appuntamento con lui...» si lamentò Victoria Black. «Non dopo l'ultima volta.» In cuor suo, era grata di avere questa scusa, perché tentare l'incantesimo si sarebbe rivelato pericolosissimo.

«Se la situazione lo richiedesse potremmo dileguarci con il sortilegio dell'invisibilità » spiegò Ursulina. «Ma forse è meglio pensare a qualcosa di meno rischioso.»

«Non possiamo semplicemente usare un incantesimo che mi metta sul trono?» chiese Victoria Black. «Usando il *Libro dello Spirillo*?»

Ursulina la fissò un momento e poi scoppiò a ridere, sciogliendo la tensione. «Sei divertente!» commentò. «Ma ti immagini quanta magia servirebbe per fare una cosa del genere? Dovresti gettare un incantesimo su tutta la foresta! *Ogni* spirillo! Cambiare *ogni cosa*!»

«*Uhm*» rifletté Victoria Black, provando la sensazione di essere tornata tra i banchi di scuola. Ursulina smise di ridere e le posò una mano sul ginocchio. Tutt'a un tratto quel sentimento di reciproca amicizia era riapparso e Victoria Black si sentì presa in contropiede, in soggezione nei confronti di quella creatura magnetica. Stava iniziando a pensare che Ursulina non le servisse più, visto che aveva una copia del *Libro dello Spirillo*, ma all'improvviso erano di nuovo amiche, e di nuovo era bello avere qualcuno dalla propria parte.

«Scusa» disse Ursulina. «Non volevo prenderti in giro, ma è un'idea praticamente impossibile da realizzare! No, dobbiamo pianificare con più razionalità. Concentriamoci su Lord Astrofelio, perché lui ha il potere di cambiare la legge, assieme alla regina. Dobbiamo pensare a un motivo che lo potrebbe indurre a incontrarti di nuovo, qualcosa che non possa ignorare... Ci sono! Una petizione! Devi spingere gli altri spirilli ad apporre le loro firme su un foglio di carta, su cui scriveremo che le autorità hanno commesso un errore e che tu dovresti essere considerata l'erede legittima nella linea di successione al trono.»

«Ma di solito le petizioni non funzionano granché...» notò Victoria Black. «Prendi ad esempio gli spirilli che trovano ingiusto che solo i nati dai diamanti diventino gli eredi al trono... Continuano a lanciare petizioni perché il prossimo re, o la prossima regina, provenga da pietre diverse, e le autorità non hanno mai prestato loro attenzione.»

«Questo è perché raccolgono pochissime firme» replicò Ursulina con noncuranza. «Tu ne otterrai migliaia!»

«E come?» chiese Victoria Black. «Io non piaccio a nessuno!»

«Non devi piacere per forza» precisò Ursulina. «Devi solo essere credibile e puoi anche usare la pozione della persuasione temporanea, è un gioco da ragazzi! Il ballo dei diplomi della settimana prossima sarà l'occasione perfetta per mettere in atto il piano, ci saranno così tanti spirilli che nessuno baderà troppo a te. Poi, quando avrai raccolto abbastanza firme, potrai recarti da Lord Astrofelio per mostrargliele. Sarà un'ottima ragione per ottenere un altro appuntamento, con la speranza che questa volta ti troverai abbastanza vicina da soggiogarlo con qualche sortilegio. Inoltre, la petizione sarà di supporto alla tua causa: se gli spirilli vedranno qualcosa di scritto magari inizieranno ad ascoltarti!»

«Penso che potrei indurre gli spirilli a firmare la petizione...» intervenne Victoria Black. «Come prepariamo la pozione della persuasione?»

«Dovrai recarti alle Cripte» spiegò Ursulina. «E prelevare un pizzico di polvere del tuo diamante. Le pozioni magiche, per funzionare, richiedono una modesta quantità del cristallo di origine. Non utilizzare la bacchetta, o ti noteranno!»

Victoria Black annuì, ricordandosi in quel momento che aveva letto quelle informazioni sul *Libro dello Spirillo*. Ma Ursulina non avrebbe mai dovuto saperlo.

«Poi applicherai la pozione come se fosse un profumo» proseguì Ursulina. «E chiunque si troverà vicino a te crederà a tutto ciò che dirai fino a quando inalerà l'odore.»

«Sembra la pozione perfetta» disse Victoria Black. Era emozionata all'idea di visitare le Cripte, il luogo in cui gli spirilli conservavano ciò che rimaneva dei cristalli da cui erano nati. Fino a quel momento lei c'era stata solo due volte: la prima quando aveva preso un pezzo del suo diamante per realizzare la stella che faceva da puntale alla sua bacchetta e la seconda per prendere un frammento da mettere nello stelo del suo fiore, per far sì che volasse e non appassisse mai.

«Te ne servirà una piccolissima porzione» precisò Ursulina. «Ricorda che hai soltanto una scorta limitata del cristallo d'origine. Una volta finita, è finita per sempre. E la pozione magica è il modo peggiore per consumarla.»

«Lo so» replicò Victoria Black. «Ma la maggior parte degli spirilli non ne usa nemmeno la metà in tutta la vita, credimi! Alla fine, quando muoiono, ciò che rimane delle loro gemme viene utilizzato per rinforzare le mura di confine.»

«La *maggior parte* degli spirilli» sottolineò Ursulina, con un lampo malvagio negli occhi, e Victoria Black si chiese quanto la misteriosa ragazza avesse già consumato del suo diamante.

Capitolo 16

Arrivò la sera del ballo dei diplomi e le gemelle si stavano preparando in camera di Victoria Black. La giornata era trascorsa con gli impegni della cerimonia ufficiale a Saltaticchio, un evento formale durante il quale avevano dovuto indossare la toga e il tocco di forma quadrata nei colori della Nerochina, la loro scuola. Tata Evelina aveva presenziato e dopo le aveva portate a prendere il tè, stando attenta a conservare lo scontrino. Infatti, lo avrebbe utilizzato per ottenere il rimborso spese dalle autorità, in un secondo momento.

«Sono contenta che sia finita» esordì Victoria Black

infilandosi dei collant velati neri tempestati di diamanti. «Basta scuola, per sempre!»

«Ma tu non ci venivi già da un pezzo» commentò Celestine scivolando dentro il suo vestito di tulle di un tenue color biscotto, con una spruzzata di polvere d'oro e stelline di paillettes. «Non capisco che differenza faccia per te.»

«Segna comunque la fine di un periodo della mia vita» aggiunse Victoria Black lanciandole un'occhiata significativa. «Tu andrai a vivere a Rivomago…»

«Già» concordò Celestine. Quindi si avvicinò al letto e si sedette accanto alla sorella.

«Potresti venire con me…» buttò lì. «Non sopporto l'idea di separarmi da te.»

Victoria Black si strinse nelle spalle. «Non ho ancora deciso. Ma comunque vada presto ci riuniremo a Rivomago, perché saremo principesse e vivremo a palazzo!» Sorrise convinta, le labbra di un intenso rosso ciliegia curvate in su e negli occhi una scintilla di gioia e speranza. Celestine ricambiò il sorriso, però il suo sguardo era carico di preoccupazione.

«Ancora non capisco perché sei convinta che riusciremo a vivere a palazzo...» commentò. «Non puoi dirmi che cosa sta succedendo? Mi piacerebbe che ci raccontassimo tutto, proprio come facevamo una volta...»

Victoria Black fissò Celestine e per un attimo fu come se fossero di nuovo una cosa sola all'interno del loro cri stallo d'origine, circondate da invisibili pareti diamantine.

«Io...» cominciò lei, e per un impercettibile istante sembrò che stesse per confessare i suoi piani. Ma poi scosse il capo con fermezza.

«Non posso!» dichiarò scattando in piedi e avvicinandosi allo specchio. «Vorrei rivelarti tutto, ma non posso davvero. Te l'ho detto, è per il tuo bene! Per la tua sicurezza.» Victoria Black non voleva mettere in pericolo la gemella, non poteva sopportare l'idea che finisse in prigione a causa sua.

«Non mi importa della mia sicurezza» dichiarò Celestine, sorpresa. C'era mancato così poco!

«Be', a me importa» insistette Victoria Black. «Per favore, non chiedermelo più.»

Celestine corrugò la fronte e le minuscole particelle del suo diamante di origine, poste in cima alle antenne, emisero riflessi dorati. Ma prima che lei potesse aggiungere altro, al piano di sotto suonò il campanello.

«Chi può essere?» chiese Victoria Black cominciando al tempo stesso a spruzzarsi un profumo molto intenso e nauseante. Sul collo e ai polsi le apparvero delle macchie luccicanti.

«Devono essere Tiska e Tilla» disse Celestine, e non le sfuggì come improvvisamente l'espressione della sorella fosse diventata dura e indifferente.

«Non sapevo che venissero...» replicò. «Pensavo che saremmo andate insieme al ballo. Io e te. La luna e il sole.»

«Ma certo che andiamo insieme! Ma Tiska e Tilla volevano unirsi a noi e io non ho saputo dire di no...»

«Già» concluse Victoria Black con un sospiro altezzoso. «Devo ancora finire di prepararmi, vi raggiungo di sotto quando è ora di andare.»

Celestine corse ad aprire la porta lasciandosi dietro una scia di polvere dorata. Aprì a Tiska e Tilla, piene di scintillante bellezza nella languida luce del tramonto. Il vestito di Tilla era ricoperto di boccioli di rosa e petali, i capelli erano una cascata di boccoli color lavanda sotto la coroncina di fiori, realizzata per lei da Celestine. Inoltre, aveva applicato dei cristalli ai lati degli occhi e sulle braccia a disegnare dei ghirigori.

«Finalmente ci siamo!» esordì Tiska entrando in casa. Lei, invece, indossava un abito di seta verde, drappeggiato in modo tale da simulare una cascata d'acqua sulla pelle, e non si era preoccupata per niente di acconciarsi i capelli. Le cadevano liberi sulla schiena e l'unico vezzo era la corona realizzata a mano con cristalli d'acqua.

A quel punto, tutte e tre rimasero ad aspettare Victoria Black in cucina.

«Credo che arriverà presto» le informò Celestine, lanciando un'occhiata all'orologio appeso alla parete. Ma venti minuti dopo sua sorella non era ancora apparsa. Una sensazione di disagio cominciò a torturare Celestine.

Allora corse su per le scale e andò a sbirciare in camera della gemella.

Era vuota.

Celestine deglutì, trattenendo la rabbia.

Come aveva potuto?

Cercò di calmarsi, sbattendo le palpebre per impedire alle lacrime di rigarle il viso. Non avrebbe permesso a Victoria Black di rovinarle la serata. Che andasse al ballo da sola! Celestine non aveva bisogno di lei.

Capitolo 17

«Wow» esclamò Tilla quando tutte e tre arrivarono a Rivomago. Il palazzo era magnifico, le finestre erano addobbate da cascate di fiori e ciascuna ala illuminata a giorno. I cancelli di accesso ai giardini erano aperti e alcuni fiori dallo stelo alto erano stati piantati qua e là, e le corolle racchiudevano cristalli fluorescenti, che le rendevano luminose come lampade variopinte. Alzando lo sguardo, Celestine vide gli spirilli che giungevano in volo a Rivomago da ogni direzione, schiamazzando per la contentezza, e le scintille dei fiori e delle foglie luccicavano nel cielo blu indaco in tutti i colori dell'arcobaleno. Di Victoria Black non c'era alcuna traccia.

«C'è Ruby!» strillò Tiska indicando i giardini reali, al di là del cancello. Allora si fecero strada attraverso la folla e Tiska si avventò su Ruby, avvolgendola in un abbraccio. Celestine notò Dorina ferma lì vicino a parlare con Burnetto e accennò un saluto con la mano.

«Ehi» replicò lei. «Che bello incontrarti di nuovo!» Portava i capelli sollevati solo da una parte e indossava una gonna di petali di rosa rossi.

«Hai ottenuto il tuo apprendistato?» chiese Burnetto. «Io lo farò a Rivomago!» Aveva una giacca nera con le code e una tuba dalla quale sfuggivano ciuffi di capelli indomiti dal colore cangiante. Inoltre, aveva con sé anche i suoi tre piccoli dracoletti, due appollaiati sulle spalle e il terzo sul cappello.

«Anche io!» intervenne Dorina. «Andrò all'Accademia degli esploratori!»

«Io invece da Ducadoro!» aggiunse Celestine. All'improvviso, sentì un'esplosione di gioia al pensiero del futuro a Rivomago e della compagnia di tutti quei simpatici spirilli. Victoria Black non le sarebbe mancata neanche un po', decise arrabbiata.

«Davvero?» Dorina esultò. «È fantastico! Quando cominci?»

Celestine stava per rispondere quando si accorse che attorno a lei era calato il silenzio. Allora si voltò per vedere che cosa stesse succedendo e rimase senza fiato, in preda a un moto di rabbia ma anche a uno strano senso di orgoglio nel vedere Victoria Black che avanzava verso di lei tra la folla attonita.

Victoria Black era completamente diversa dal solito e al contempo sembrava se stessa più che mai. Il suo abito era elegantissimo, una vera esplosione di tulle, raccolto dietro fino a toccare terra con un lungo strascico, arricchito dal brillante luccichio di centinaia di stelline diamantate e appuntite. Ai piedi indossava stivaletti glitterati, stretti da nastri satinati di tonalità rosa scuro e dai tacchi di cristallo trasparente e scintillante. Ma la veletta che le ricadeva sul viso era il dettaglio più incantevole, perché la trasparenza lasciava intravedere il pallore del bellissimo viso, gli occhi truccati con la matita nera e le lunghe

ciglia glitterate. Nell'insieme, ispirava terrore e fascino allo stesso tempo.

«Ciao, Celestine» la salutò avvicinandosi.

Celestine la fissò e basta, incapace di proferire parola. Osservò la sorella e la sontuosa corona d'argento, decorata con gemme del colore del ghiaccio, indossata con portamento regale e sormontata dal misterioso gioiello a forma di stella, il gelido riverbero del chiaro di luna. Era stata lei a creare quella corona.

Victoria Black sollevò la veletta e di nuovo si diffuse attorno a lei quel profumo intenso. Ancora incapace di parlare, Celestine notò che la sorella porgeva qualcosa, che aveva appena tirato fuori da qualche tasca del vestito, a Dorina.

«Firmeresti la mia petizione?» chiese con dolcezza.

«Per che cosa?» balbettò la spirilla.

«È una richiesta affinché io venga riconosciuta come legittima erede al trono» spiegò Victoria Black. «Vedi, io *dovrei* essere la prossima regina, perché sono nata da un diamante.»

Sul viso di Dorina apparve uno sguardo vitreo, poi prese la penna e firmò il foglio, scrivendo il suo nome. Burnetto la seguì.

«Grazie» disse Victoria Black. Dopo aver sorriso a Celestine, accennò un saluto con la mano avvolta in un guanto e si avviò tra la folla. Allora Dorina scosse il capo, confusa. Celestine continuò a fissare sua sorella. Era furiosa: che cosa aveva combinato?

«Ma chi era quella?» chiese Dorina seguendo con lo sguardo Victoria Black.

«Mia sorella» rispose Celestine.

«Tua *sorella*?»

«Non ne parliamo...» replicò Celestine, annuendo con il capo.

A un certo punto partì la musica e gli spirilli cominciarono a danzare. Apparve Tiska, che si avvicinò saltellando e agitando la testa, tanto che i lunghi capelli verdi sembravano scatenarsi assieme a lei. Tilla volteggiò con grazia come un batuffolo di zucchero filato che fluttua nella brezza, e tutto intorno a Celestine vorticò un mare di tulle, di gonne dai petali di fiori e di tatuaggi con brillantini e allegre scintille. Quando i rintocchi batterono la mezzanotte e una luna rosa lampone si stagliava alta nel cielo, il giardino piombò in un perfetto silenzio: una voce annunciò che la regina stava per tenere il suo discorso. Con una certa apprensione, Celestine cercò Victoria Black con lo sguardo. Intanto, gli spirilli puntarono gli occhi sull'alto balcone nella facciata del tronco del palazzo reale. La regina Cassiopea uscì fuori da una porta, fiancheggiata da due guardie. Fino a quel momento, Celestine l'aveva vista solo nelle foto dei giornali e nelle effigi sulle monete, ovviamente, ma dal vivo le sembrò più minuta e dall'aspetto più gentile. Doveva essere sotto l'incantesimo di un potente amplificatore di suono, perché appena cominciò a parlare, la sua voce echeggiò per tutto il giardino.

«Buonasera» iniziò. «Che splendida serata per organizzare un ballo!» Abbassò lo sguardo ad abbracciare la moltitudine di spirilli presente ed elargì un caloroso sorriso.

«Voglio esprimere le mie congratulazioni a tutti voi» continuò «per un ciclo di vita che si conclude e l'inizio di uno nuovo! Voi siete il futuro. Auguro a ciascuno la massima fortuna nell'intraprendere la strada che avete scelto...» Celestine cercò di seguire, ma era rimasta incantata da quanto graziosa e adorabile sembrasse la regina. Come sarebbe stato vivere con lei al palazzo reale dopo la schiusa del loro cristallo, come tutte le creature nate dai diamanti prima di loro? Essere allevate dalla regina Cassiopea e dal marito, il principe Arturo... La visione di Celestine si appannò al pensiero della famiglia che avrebbero potuto avere. Improvvisamente, notò Victoria Black tra la folla. Era scura in viso e da lei emanava un atteggiamento di odio puro anche attraverso la veletta, che teneva abbassata. La paura raggelò il cuore di Celestine. Nel guardare Cassiopea lei aveva provato una malinconica tristezza, al contrario in Victoria Black vedeva solo rabbia. Ma davvero era capace di tanta freddezza?

Appena la regina terminò il suo discorso seguì uno scroscio di applausi e lei scomparve dietro la porta alle sue spalle. La musica riprese a suonare e Tilla afferrò Celestine per un braccio.

«Non è adorabile la regina Cassiopea?» esclamò. «Ehi, perché non andiamo a prendere qualcosa da mangiare? Ho visto che hanno la cioccolata dell'Emporio Cannella e le torte della Panetteria Panpiuma.»

Tutt'a un tratto, Celestine sentì gli occhi di Victoria Black puntati addosso. Allora, con fare risoluto e per la prima volta, Celestine ignorò la sorella e assieme a Tilla si fece strada tra la folla fino a raggiungere la zona dove erano stati sistemati i tavoli-funghi pieni di vivande e bibite. C'erano grandi ciotole di succo di frutta in cui galleggiavano petali di fiori e vassoi d'argento con assortimenti di tartine dall'aspetto invitante.

«Guarda!» esclamò Tilla indicando un piatto da portata su cui campeggiava una straordinaria ghianda di cioccolato, circondata da cioccolatini scintillanti. Ne prese uno a forma di fungo e se lo ficcò in bocca. Celestine fece altrettanto, ma non riusciva a gustare niente di quello che metteva tra i denti, era troppo impensierita dal comportamento di Victoria Black. La sua gemella era pericolosa, forse era arrivato il momento di lasciarla andare e di pensare a se stessa.

Capitolo 18

«Ho raccolto trecentosessantasette firme finora!» si vantò Victoria Black nelle prime ore del mattino seguente. Infatti, dopo il ballo era troppo entusiasta per andare a dormire. L'incantesimo dell'inganno aveva funzionato a meraviglia, tutti erano rimasti senza fiato di fronte al suo look e lei aveva l'impressione di aver camminato su una soffice nuvola rosa, nonostante la totale assenza di Celestine.

«Ma è grandioso!» esclamò Ursulina con uno sbadiglio. Era avvolta in una coperta a patchwork ed entrambe erano sedute all'aperto, di fronte a un divampante fuoco rosso porpora, che Victoria Black aveva fatto apparire dal nulla. «Saremo sul trono ancora prima di accorgercene!»

«Saremo?» puntualizzò Victoria Black. Quel "saremo" di Ursulina la metteva a disagio.

«Be', sarai...» si corresse l'altra. «Ma io sarò la tua consigliera, ricordalo. Ti aiuterò a governare, rimanendo nell'ombra.»

«Certo» replicò Victoria Black, e in quell'esatto momento si rese conto che, di fatto, Ursulina non le serviva. Gli eventi del ballo le avevano infuso una nuova sicurezza e inoltre possedeva una copia del *Libro dello Spirillo*.

«Sì, tu potrai vivere a corte, ovviamente» continuò Victoria Black «ma, in realtà, non penso di avere bisogno dei tuoi consigli, una volta diventata regina.»

«Ah...» commentò Ursulina con tono glaciale. «Però sai che non avresti ottenuto neanche una firma stasera, se io non ti avessi aiutata.»

«Lo so...» replicò Victoria Black. «Ma io sarò la regina e le decisioni spetteranno a me. Come ho detto, potrai vivere nel mio palazzo e ti darò tutto ciò che desideri! Siamo amiche, ricordi?»

«Sì, questo è vero. Siamo buone amiche» le concesse Ursulina strofinandosi le mani per riscaldarle, e poi aggiunse: «Preparo della cioccolata calda». Quindi si alzò e andò di corsa dentro il carrozzone. La finestra si illuminò di una calda luce gialla e Victoria Black riuscì a scorgere Ursulina spostare barattoli, pacchettini e pentole. Dopo poco, uscì e appese un pentolino sopra al fuoco. Mentre accarezzava Stardust, Victoria Black osservò la misteriosa spirilla preparare la cioccolata calda e poi versarla nelle tazze ghianda, con una generosa manciata di marshmallow a forma di stelline come decorazione.

«Non mi piacciono i marshmallow» disse Victoria Black, prendendo la tazza che le porgeva l'amica. Cominciò a togliere le stelline una ad una e a lanciarle per aria.

«Scusa» replicò Ursulina, poi appoggiò la tazza a terra e attizzò il fuoco, sprigionando una levata di calde scintille rosa, che si dispersero per aria; scintille il cui riflesso apparve nella cioccolata di Victoria Black, creando l'effetto di minuscole bollicine tra i marshmallow superstiti. O forse si trattava di vere bollicine? Victoria Black osservò meglio la sua bevanda.

«Che succede alla mia cioccolata?» chiese, mostrandola a Ursulina. «Ha le bollicine!»

«È un liquore frizzante alla ciliegia» spiegò l'altra. «Pensavo che potesse piacerti. Ne ho aggiunto un po' anche alla mia.» Allungò la sua tazza verso l'amica, in modo che potesse vedere.

«Ah, è vero!» ribatté Victoria Black portandosi la tazza alle labbra. Nel mentre, un passo del *Libro dello Spirillo* le balzò in mente. Aveva letto qualcosa a proposito delle bollicine sul treno per Rivomago.

"*L'incantesimo della manipolazione dovrà essere somministrato alla vittima sotto forma di bevanda. Se lo si fa con regolarità, è possibile che la vittima diventi disposta a fare qualsiasi cosa le venga ordinato. In tal modo, se ne guadagna il totale controllo.*"

Era per questo che Ursulina aveva aggiunto i marshmallow? Affinché lei non scoprisse le bollicine frizzanti?

Victoria Black sentì un brivido freddo correrle lungo la schiena. Allora allungò lo sguardo sull'amica e finse di bere un sorso.

«È buona» commentò.

«Già» concordò Ursulina, ma a Victoria Black non era sfuggito che neanche lei ne aveva assaggiata una goccia.

A quel punto rimase seduta per qualche istante con il cervello in panne, cercando di capire che cosa potesse fare per uscire da quella situazione. Poi la rabbia la colse di sorpresa e il sangue le ribollì nelle vene.

Come osava?

Come osava?

Ursulina aveva rivolto l'attenzione alle fiamme, ma Victoria Black notò che la stava studiando furtivamente.

Quindi si portò di nuovo la tazza alle labbra e fece finta di bere un altro sorso. Prendeva tempo, in attesa che il cuore smettesse di correre all'impazzata e le dita smettessero di tremare. Si sentiva stordita e spaventata. E arrabbiata. Tutt'a un tratto, Victoria Black scagliò la tazza per terra e la cioccolata si rovesciò, lanciando degli schizzi verso le gambe di Ursulina.

«TRADITRICE!!!» gridò Victoria Black balzando in piedi.

Anche Ursulina si alzò. Aveva lo sguardo terrorizzato di una bestia braccata. Puntò la bacchetta magica contro Victoria Black, che la imitò.

«Non osare!» gridò l'altra. «Non *provare nemmeno* a lanciarmi un maleficio.»

«Qual è il problema?» chiese Ursulina, con un'espressione tesissima in viso.

«Lo sai qual è il problema! Hai versato una pozione nella mia cioccolata!»

«Io...»

«Lo hai fatto! Ammettilo! AMMETTILO!» strillò.

«Sì, lo ammetto» rispose Ursulina con un tono pacato. «Ho versato una pozione nella tua tazza.»

Le due spirille rimasero immobili a fissarsi, gli occhi ridotti a due fessure, le spalle ricurve.

«Come lo sai?» chiese Ursulina dopo qualche istante. «Come hai fatto a scoprirlo?»

«Ho i miei mezzi. Tu non sai tutto di me...» replicò l'altra.

«So quel tanto che basta per affermare che hai ancora bisogno di me» sentenziò Ursulina.

«Io non ho *bisogno* di te» la contraddisse Victoria Black, e le antenne spararono scintille di rabbia.

«Non sapresti la metà delle cose che sai, se non fosse per me!» le fece notare. «Se non fosse per me, tu non avresti nessuna possibilità di diventare regina: non hai idea di come entrare nelle grazie degli spirilli! Sei quella cattiva, ricordatelo. Il Diamante Nero. È a causa tua se adesso non vivete a palazzo reale!»

Victoria Black sbatté le palpebre, stordita. Le parole di Ursulina l'avevano ferita come lame taglienti. Sentì gli occhi riempirsi di lacrime.

«Pensavo che fossi mia amica!» gridò. «Ma tu volevi solo usarmi per guadagnare potere!»

Ursulina sorrise, sicura di sé. «Troverò il modo per arrivare al trono senza di te» sogghignò. «Tu, invece, senza di me sarai una completa nullità.»

Quindi puntò la bacchetta magica e recitò perfidamente un incantesimo. Scintille di colore verde acido si sprigionarono dallo smeraldo e Victoria Black si ritrasse così velocemente dalla traiettoria che la corona le cadde a terra.

Ovviamente aveva riconosciuto il testo della formula grazie al *Libro dello Spirillo*. Era un incantesimo mortale, Ursulina aveva tentato di ucciderla! Sconvolta e impaurita, Victoria Black indietreggiò fino a raggiungere il suo fiore, appoggiato al tronco scuro e nodoso di un albero. In preda alla disperazione, cercò di ricordare qualche formula magica del libro, qualcosa che le facesse prendere tempo. E allora le tornò in mente: l'incantesimo del sonno!

«*SPIRISOMNIORA!*» gridò e la sua bacchetta emise delle scintille diamantate che sorpresero Ursulina: non avevano mai fatto pratica con quella formula. Nonostante l'incredulità, la spirilla si accovacciò e saltò a cavalcioni del suo fiore, schivando l'incantesimo e alzandosi in volo. Victoria Black si inerpicò sul suo e partì come un fulmine, gridando una seconda volta le parole magiche. Così facendo, le scintille della sua bacchetta bloccavano quelle nemiche in arrivo, e i due flussi entrarono in collisione esplodendo in una palla di fiamme verdi e argento.

«Ti odio!» urlò Victoria Black. «Ti odio, ti odio!» Con questo avanzò acquistando velocità e volando su e ancora più su fino a superare la cima degli alberi e sbucare in cielo aperto. Ursulina si diede all'inseguimento continuando a strillare le parole dell'incantesimo mortale. Victoria Black procedeva a zig zag ben salda al gambo del suo fiore per evitare l'ondata di scintille a lei indirizzata.

«Senza di me sei una nullità!» gridò Ursulina volteggiando per aria a pochi metri da Victoria Black. «Torna indietro!»

Di nuovo, miriadi di scintille verdi esplosero dalla sua bacchetta, ma Victoria Black virò in basso. Non le importava più di contrattaccare, non era abbastanza abile da volare e usare la bacchetta contemporaneamente; voleva solo scappare via e sfuggire agli attacchi di Ursulina. Allora abbassò il capo e continuò a volare il più veloce possibile, con il vento che le soffiava sulle orecchie a punta.

«Ti acciufferò!» gridò Ursulina, ma la sua voce era già lontana. «Un giorno, vedrai! Non finisce qui!»

Victoria Black lanciò un'occhiata dietro di lei e si sorprese nel vedere Ursulina che batteva in ritirata. Di sicuro, non voleva rischiare di seguire Victoria Black fino a Saltaticchio. D'altra parte, la spirilla non si fermò fino a quando non raggiunse casa, corse in camera sua e chiuse la porta a chiave. Stardust le svolazzò sulla spalla, sbattendo le alucce e strofinando il nasino contro il suo viso.

«Oh, Stardust!» esclamò Victoria Black portandolo al viso con le mani tremanti. Solo a quel punto le lacrime le rigarono le guance, bagnando anche il dorso a scaglie iridescenti dell'animaletto. Lui emise un pigolio e le affondò il nasino nel collo.

«Me la sono vista brutta» piagnucolò. «Ho rischiato di non rivedere più te… e Celestine.»

La portata di quello che sarebbe potuto accadere si fece strada in lei e più ci pensava più le venivano i brividi. Allora chiamò a voce alta la gemella ma, non ricevendo alcuna risposta, si sedette sul letto e si avvolse la coperta nera con le stelline sulle spalle.

«Ursulina si è rivelata una traditrice…» piagnucolò tirando su con il naso. «Non era affatto un'amica.»

Si guardò attorno fino a catturare il suo riflesso nello specchio. Gli zigomi brillavano ancora di polvere di diamante ma il trucco degli occhi le era colato fino al mento. Eppure c'era qualcos'altro di strano… Qualcosa era fuori posto. Continuò a studiarsi nel vetro per un po', poi se ne accorse.

La sua corona non c'era più! La corona speciale, realizzata da Celestine! Non poteva sopportare l'idea che una spirilla perfida come Ursulina custodisse un oggetto che sua sorella aveva costruito con tanto amore... E per di più si trattava della sua corona reale! Victoria Black si era spinta troppo in là per rinunciare ai suoi sogni, doveva tornare indietro e recuperare la corona.

Il giorno seguente, alla luce del sole, Victoria Black intraprese un nuovo viaggio verso il nascondiglio di Ursulina e del suo carrozzone. Volò con cautela, silenziosamente per non attirare l'attenzione e a bassa quota, mimetizzandosi tra le foglie degli alberi. Ma quando arrivò all'accampamento, del carrozzone non c'era traccia. La radura era sgombra, eccetto per la piccola macchia di terreno bruciato dove era stato acceso il fuoco e la sua corona, che giaceva lì accanto senza alcun riguardo. Victoria Black si lanciò in picchiata per afferrarla e ficcarsela in testa con un movimento rapido. Poi si alzò di nuovo in volo e sfrecciò via come un fulmine per la paura che Ursulina fosse nascosta nei paraggi. Ma la foresta era immersa in una quiete irreale. Victoria Black si sistemò meglio la corona in testa e, mento in su, volò nel cielo blu fino a casa. Non aveva bisogno di Ursulina, sarebbe diventata regina con o senza di lei. E non aveva bisogno nemmeno di Lord Astrofelio o di stupide petizioni: avrebbe fatto a modo suo. Dopotutto, possedeva ancora il *Libro dello Spirillo*.

Capitolo 19

Era ormai pomeriggio quando Victoria Black udì Celestine tornare a casa. Scese di corsa le scale per andare alla porta.

«Dove sei stata?» chiese appena la gemella entrò. «Ero preoccupata.»

«Da Tilla» rispose la sorella con un tono piatto.

«Ah» commentò Victoria Black, sorpresa dall'atteggiamento della gemella. Celestine infatti si limitò a superarla e salire su per le scale.

«Aspetta!» la chiamò. «Pensavo che potessimo passare un po' di tempo insieme.»

«Ah, davvero?» replicò l'altra.

«Sì.» Victoria Black si sentì offesa, sua sorella avrebbe dovuto essere *contenta* di vederla. Si sentì ribollire per il fastidio. «Te ne sei andata senza di me la notte scorsa!» si lagnò in tono accusatorio.

«Lo so» ammise Celestine mentre apriva la porta di camera sua. «L'ho fatto di proposito!»

Victoria Black fece per ribattere ma poi chiuse la bocca, scossa.

«*Tu* sei uscita senza di me!» le fece notare Celestine.

«Quindi non vedo perché non sarei dovuta tornare a casa senza avvisarti. E poi mi hai rivolto a malapena la parola, eri troppo impegnata a fare cose stranissime e segretissime. Ti ho vista nei giardini del palazzo reale e hai ragione, Victoria Black: tu sei pericolosa! E io non voglio avere niente a che fare con te, ho visto come guardavi la regina Cassiopea!»

«Io...» la gemella non sapeva che cosa dire. Celestine non le aveva mai parlato in quel modo prima. Le venne un nodo alla gola ma cercò di ricacciarlo indietro. «Scusa se sono andata al ballo senza avvisarti» biascicò in fretta. «Ascolta, non posso dirti tutti i miei segreti, ma voglio che tu sappia che non ho rinunciato ai nostri diritti! Vieni con me a Rivomago, domani mattina. Sto per comprare un palazzo!»

«Tu non puoi comprare un palazzo» replicò Celestine.

«Sì che posso» ribatté l'altra. «Ho i soldi. Quando la gente vedrà una spirilla nata da un diamante vivere in un palazzo, capirà che io sono davvero la prossima erede al trono!»

«Dove hai preso i soldi?» chiese Celestine. «E che cosa racconterà tata Evelina alle autorità?»

«Non mi importa di cosa potrà dire loro!» replicò Victoria Black. «Per favore, vieni con me e aiutami ad acquistarlo. Proprio all'inizio del vialone centrale c'è il tronco di un vecchio albero in vendita. Lo trasformerò in un palazzo sontuoso. E poi… è vicino alla tua bottega, quella di Ducadoro!»

Celestine non sembrava contenta come la gemella aveva sperato. Al contrario, sospirò e scosse il capo.

«Non ti aiuterò» rispose. «Mi dispiace, Victoria Black, ma dovrai farlo senza di me.»

Capitolo 20

Due settimane dopo, Victoria Black e Celestine erano ferme sulla pensilina della stazione di Rivomago, circondate dalle valigie.

«Bene, non resta che salutarci...» propose Celestine con un certo imbarazzo.

«Sì ma...» ribatté Victoria Black. «Ci vedremo spesso! Andremo a vivere entrambe nel grande viale centrale. Devi venire a vedere il mio palazzo! Ho comprato il vecchio tronco di cui ti avevo parlato e lo rinnoverò!»

«*Uhm*» fece Celestine, e Victoria Black ebbe un tuffo al cuore. Era alla disperata ricerca di un caloroso cenno di affetto da parte della sorella, ma lei si era mostrata fredda e indifferente dalla sera del ballo dei diplomi.

«Ciao, allora» concluse Celestine con un mezzo sorriso.

«Ciao» salutò Victoria Black mentre un sorriso le moriva sulle labbra.

Quindi Celestine girò sui tacchi e si incamminò.

Victoria Black si gettò a capofitto nei lavori di ristrutturazione del nuovo palazzo, finanziati dalle magie del *Libro dello Spirillo*, naturalmente. Assunse degli spirilli che si occuparono di piantare fiori e stendere tappeti, appendere lampadari scintillanti con gocce di cristalli e portare all'interno gli arredi a strisce bianche e nere. Commissionò la realizzazione di torrette, che si allungavano dai rami esterni del tronco d'albero, e di un tetto alto e spiovente da posizionare in cima.

Quando i lavori furono terminati, il risultato fu magnifico, di un'imponenza argentea e uno splendore gotico.

«Un palazzo degno di una principessa!» esclamò Victoria Black rivolta a Stardust. Scivolò nella vasca da bagno di pietra di luna, posata su piedini a forma di zampa artigliata di dracoletto. Puntò lo sguardo verso l'esterno attraverso la finestra ogivale sorridendo compiaciuta alla vista degli spirilli lungo il viale, che si fermavano davanti alla sua dimora strabuzzando gli occhi. La sua si era rivelata un'idea di gran lunga migliore di qualsiasi altro piano proposto da Ursulina. Di fatto, molto meno rischiosa e molto più divertente. In questo modo, stava attirando l'attenzione. E soprattutto, stava mostrando a tutti quanto lei fosse di sangue reale! Anche Lord Astrofelio ne era al corrente. Infatti, le aveva inviato una lettera chiedendole di presentarsi al suo cospetto per spiegare come aveva finanziato la costruzione del palazzo. Invece, Victoria Black era uscita sul balcone con la lettera tra le mani e l'aveva strappata in mille pezzettini, lanciandoli per aria come coriandoli.

Victoria Black scivolò ancora di più sotto la schiuma... si sentiva felice, perché tutto stava andando a meraviglia. Degli spirilli l'avevano fermata per strada e addirittura alcuni erano venuti a bussare alla sua porta, mostrando interesse per il palazzo e desiderosi di saperne di più sulla sua inquilina.

Infatti, erano tutti rimasti colpiti dal fatto che fosse nata da un diamante.

Ma c'era ancora una cosa che assillava Victoria Black, nei recessi della sua mente. Qualcosa a cui cercava di non pensare.

Celestine.

Era trascorso un mese e la gemella non era passata a farle visita. Tra di loro c'era ancora freddezza e distanza e per questo Victoria Black sentiva un vuoto dentro di sé. Comunque, si rassicurò, una volta che a Celestine fosse arrivata la notizia che gli spirilli la supportavano nel reclamare il trono, sarebbe tornata.

Oppure no?

Capitolo 21

Celestine si svegliò nel suo appartamento in cima all'albero di Ducadoro e si alzò dal letto. Ancora non riusciva a credere di avere quella fortuna: un apprendistato dal gioielliere Ducadoro! Velocemente, si vestì e si affrettò giù per le scale che portavano in bottega. Ducadoro era già seduto dietro al bacone, intento a leggere con attenzione il giornale del mattino.

«Buongiorno!» cinguettò. «Hai dormito bene?»

«Sì, grazie» rispose Celestine. «E lei?»

«*Uhm*» rispose Ducadoro distratto. Qualcosa aveva attirato la sua attenzione sul quotidiano. Standogli alle spalle, Celestine allungò lo sguardo ed ebbe un tuffo al cuore. Sulla seconda pagina campeggiava la foto gigante del palazzo di Victoria Black, e il titolo recitava: *Una mostruosità rovina il fascino di Rivomago!*

Celestine deglutì, sentendosi avvampare. Era rimasta a osservare con crescente sgomento come Victoria Black aveva costruito il suo "palazzo". La città era un brusio di pettegolezzi su sua sorella: alcuni spirilli sembravano supportare la sua richiesta, ma la maggior parte era ancora scettica.

«C'è anche una dichiarazione della regina» disse Ducadoro, indicandola con il dito. «E di Lord Astrofelio. Si dicono contrari al modo in cui Victoria Black sta causando un atteggiamento separatista tra alcuni spirilli della foresta. Sta disturbando l'armonia.»

Celestine sentì il cuore impazzire mentre scorreva l'articolo con lo sguardo, sempre alle spalle di Ducadoro. Si era sforzata di tenere le distanze da Victoria Black, ma era sempre più difficile ignorarla. Addirittura, stava raggruppando dei seguaci, che supportavano la sua causa.

Il palazzo che aveva costruito si stagliava come una lunga spina nera e affilata nell'incanto architettonico di Rivomago.

«Mi ero giusto chiesto quando questa Victoria *Bleah* sarebbe finita sul giornale. Fa il verso alla regina Cassiopea... Il suo palazzo dovrebbe essere raso al suolo!» commentò Ducadoro.

«Si chiama Victoria *Black*» lo corresse Celestine, incapace di trattenersi.

«Un giorno si ritroverà in un mare di guai, ricorda le mie parole» concluse Ducadoro gettando il giornale sul bancone con un verso di disapprovazione.

Celestine deglutì. Fino a quel momento aveva tenuto segreto a Ducadoro di essere la gemella di Victoria Black, anche se quella bugia la tormentava e la faceva sentire in colpa. Si rese conto che era solo una questione di tempo: presto lo avrebbe scoperto da qualcun altro.

«Devo dirle una cosa» proruppe all'improvviso, e le

antenne brillarono di scintille d'ansia. «Victoria Black, lei è... in verità, lei è mia sorella!»

«Tua *sorella*?» Ducadoro la guardò esterrefatto.

«Sì» confermò Celestine. «Victoria Black è mia sorella, la mia gemella. Mi dispiace non averglielo detto prima.»

Ducadoro sembrò preoccupato e Celestine avvertì un nodo alla gola. Sicuramente stava per essere licenziata, lo sapeva. E provò un moto di rabbia nei confronti di Victoria Black.

«Io...» fece per aggiungere, ma Ducadoro la fece tacere, alzando entrambe le mani per aria, come se avesse già preso una rapida decisione.

«Non preoccupiamoci di Victoria Black, per adesso» rispose. «Sei la migliore apprendista che io abbia mai avuto e ti ho assunta per il tuo talento. Sarebbe un errore lasciare che le bizzarrie di tua sorella influiscano sul tuo futuro.»

«Oh, grazie!» esclamò Celestine, quasi stordita per il sollievo.

«Sebbene potrebbe essere lo stesso una buona idea sottacere questo dettaglio...» aggiunse Ducadoro, con un tono di avvertimento nella voce. «Dopotutto, siamo i gioiellieri della regina.»

«Certo» lo rassicurò Celestine, ma qualcosa la turbò.

Ducadoro le stava chiedendo di scegliere tra sua sorella e l'apprendistato?

Durante la pausa pranzo, Celestine uscì e si avviò lungo il viale. Comprò un panino e un tè da asporto alla Panetteria Panpiuma e si sedette su una panchina per consumare il suo pasto. Stava per affondare i denti nel pane quando avvistò due spirilli di sua conoscenza.

«Dorina! Burnetto!» li chiamò. «Ehi!»

Dorina si voltò e sorrise, correndo verso la panchina con Burnetto a seguito. Celestine fece loro spazio e tutti e tre si sedettero.

«Com'è il tuo apprendistato?» chiese Celestine. «Hai visto Tiska all'Accademia degli esploratori, oggi?»

«Sì» rispose Burnetto. «Ma poi è scomparsa con Ruby in pausa pranzo. Credo che stiano costruendo una barca assieme… per quando lasceranno la foresta. Stamattina abbiamo imparato un sacco di cose sulle città degli umani e come rimanervi nascosti. È stato divertente.» Visibilmente elettrizzato, Burnetto allungò la mano per accarezzare uno dei dracoletti appollaiati sulle sue spalle.

«Hai visto il palazzo di Victoria Black?» cambiò argomento lui.

«Sì» rispose Celestine con una smorfia.

«Penso che gli spirilli stiano cominciando a notarla…» proseguì Burnetto.

«Che cosa vuoi dire?»

«Be'…» Burnetto sembrò divertito. «C'è questa spirilla che si chiama Nubiflora. Hai sentito parlare di lei?»

«No» rispose Celestine.

«Ha radunato una bella folla» continuò Burnetto. «L'altra sera siamo andati a uno dei suoi incontri e, in effetti, aveva le sue ragioni.»

«Parlava dei nati dai diamanti» intervenne Dorina

«e di come sia tempo di cambiare le regole. Secondo lei sarebbe molto più corretto che il futuro re o la futura regina venissero eletti per votazione e non per diritto di nascita.»

«Questo significa che ci sarebbe consentito scegliere!» notò Burnetto. «Potremmo essere *sicuri* di avere un governante buono e giusto.»

«Ho capito» commentò Celestine, e pensò che forse era proprio a questo che si riferivano Lord Astrofelio e la regina, quando parlavano di Victoria Black e degli atteggiamenti separatisti nella foresta. «Questi movimenti contro i bebè diamantini sono sempre esistiti, no? Non hanno mai raccolto molto successo.»

«Lo so» disse Dorina «ma hanno cominciato a espandersi dopo questa faccenda di Victoria Black... Alcuni spirilli non tollerano l'idea che lei diventi regina. Per contro, ce ne sono altri che reclamano la sua immediata proclamazione come legittima erede al trono.»

Celestine si agitò sulla panchina, a disagio.

«So che sei di origine diamantina e gemella di Victoria Black» aggiunse Dorina un po' in imbarazzo. «Ma hai detto tu stessa che non vorresti mai diventare regina e poi tu e tua sorella non sembrate in buoni rapporti in questo periodo...»

«È vero, diventare regina non mi interessa» confermò

Celestine. Ma non poté evitare di pensare a sua sorella provando uno strano miscuglio di rabbia e compassione.

«Perché non vieni con noi a un incontro di Nubiflora?» chiese Dorina. «Vieni a vedere tu stessa di cosa si tratta.»

«Ci penserò» rispose Celestine. Non era sicura di voler partecipare, però le piaceva l'idea di passare più tempo con Dorina e Burnetto, soprattutto dal momento che Tiska era così impegnata con Ruby e Tilla era in un altro distretto. Le seccava ammetterlo, ma la vita senza Victoria Black era più triste.

Capitolo 22

Victoria Black era consumata dalla rabbia. Si trovava nella torre più alta del suo castello e guardava gli spirilli affaccendarsi nelle incombenze di fine giornata. Eccoli là fuori, nel loro spensierato andirivieni lungo il grande viale, le antenne scintillanti per le chiacchiere e le mani piene dei sacchetti di carta delle costosissime botteghe. Si sporse dalla finestra e allungò il collo fino a raggiungere con lo sguardo l'albero della bottega di Ducadoro. Perché Celestine non era ancora venuta a trovarla?! Victoria Black strinse i pugni furiosa ma ecco che, proprio in quel momento, la porta della bottega si aprì e ne uscì una spirilla dai capelli biondo platino, luminosi al sole mielato del tramonto. Era Celestine! Celestine, finalmente! E nel vedere la sorella avvicinarsi al palazzo, la rabbia di Victoria Black si assopì. Con passo pesante, la spirilla scese la scala a chiocciola, felice di sentire su ogni gradino il rumore metallico dei nuovi stivaletti a punta, e corse ad aprire la porta.

«Sei venuta!»

«Ciao» la salutò Celestine, che però non sorrise, cogliendo di sorpresa Victoria Black. Quindi si tolse il mantello e lo appese all'attaccapanni, rimirando il sontuoso ingresso con il pavimento a scacchi neri e bianchi e il lampadario a goccia in quarzo rosa.

«Ho visto la foto del tuo palazzo sul giornale» disse.

«Lo so! Ti piace?» replicò la sorella, tutta fiera.

«Finirai nei guai. Sono sicura che tra non molto le autorità verranno a bussare alla tua porta. Immagino che tu non voglia dirmi dove hai preso i soldi per tutto questo...»

«Non *posso* dirtelo!» rispose Victoria Black, mettendosi sulla difensiva a braccia conserte. Victoria Black aveva sperato che la sorella rimanesse stupita, che fosse addirittura fiera di lei, e invece la stava facendo solo arrabbiare, di nuovo.

«Ho quasi perso il mio apprendistato per colpa tua!» incalzò Celestine, con tono accusatorio.

«Com'è possibile? Non sono nemmeno mai entrata nella bottega di Ducadoro!»

«Be', i pettegolezzi corrono veloci...» spiegò Celestine. «E tu non hai un'ottima reputazione. Gli spirilli cominciano a discutere del tuo diritto al trono e questo causa ogni genere di agitazione sociale. Devi lasciar perdere questa stupidaggine.»

«*Stupidaggine?*» gridò Victoria Black, ferita. «Non è una stupidaggine! Ogni giorno guadagno nuovi sostenitori! Ci sono spirilli che pensano che io sia la legittima erede al trono!»

«Quanti?» chiese Celestine.

«Non lo so!» si infuriò la sorella. «Tanti! E sempre di più!» Pestò con il piede per terra, incredula che Celestine fosse venuta a trovarla solo per farla infuriare.

«Be', anche il gruppo contro gli spirilli diamantini sta guadagnando consensi» le fece notare Celestine. «E a quanto pare ha un seguito enorme. È guidato da una spirilla che si chiama Nubiflora, che vuole cambiare le cose. Chiedono che il prossimo re o regina venga eletto. E forse sarebbe la cosa migliore... Almeno ti impedirebbe di ficcarti nei guai.»

«*Che cosa?!*» protestò Victoria Black. Non aveva idea dell'esistenza di questo gruppo. Lacrime di rabbia le inumidirono gli occhi e la spirilla le asciugò con un gesto rude della mano, avvolta nel guanto. «I re e le regine sono SEMPRE spirilli diamantini! È così che funziona!»

«Lo so» disse Celestine. Nell'avvicinarsi alla sorella, la sua espressione si addolcì. Le posò una mano sul braccio. «Non piangere.»

«Non sto piangendo.» Victoria Black tirò su con il naso. «È tutto così... così ingiusto. Sono nata da un diamante e vivo in un palazzo e ancora gli spirilli non vogliono capire che sono di sangue reale!»

Celestine sospirò. «Ti prego, ascoltami. Devi accettare il fatto che non possiamo farci niente se le autorità hanno dichiarato il nostro diamante impuro, per quanto ingiusto sia. Non puoi indirizzare le tue energie verso qualcos'altro, come sto facendo io? Essere una regina non è il meglio che la vita può riservare! Combattere contro la decisione delle autorità ti porterà solo in un mare di guai, non ne vale la pena.»

«Per te è facile parlare!» ribatté Victoria Black, piccata. «La vita è semplice per te, sei brillante in tutto! Hai ottenuto un apprendistato nella più rinomata gioielleria della foresta. Tutti ti adorano! Per me... Essere nata da un diamante è l'unica cosa che ho!»

«Ma non è vero!» protestò Celestine, ritraendo il braccio. «Non sono brillante in tutto! Qualche volta vorrei gridare fino a perdere il fiato e pestare i piedi, come fai tu.

Vorrei non curarmi del giudizio altrui... E ci sono volte in cui vorrei irrompere nello studio di Lord Astrofelio e urlare contro di lui per averci private del diritto ad avere dei genitori! Ma non posso! Tu hai preso tutto l'ascendente dello stigma *Black*: tu sei quella appassionata e impetuosa. Non c'è spazio anche per me...»

Adesso era Victoria Black a essere sorpresa. «Non pensavo che ti sentissi così» commentò.

«Be', non sempre» Celestine si strinse nelle spalle. «Solo qualche volta.»

«Puoi gridare, se vuoi» la invitò Victoria Black. «Fallo adesso! Nessuno ti sentirà qui dentro.»

Celestine scosse il capo. «Non ci riesco.»

«Sì, che ci riesci» la esortò Victoria Black con un sorriso beffardo. «Mi piacerebbe sentirti urlare.»

«No» ripeté Celestine. «Non voglio.»

Victoria Black fece spallucce, ma il suo umore era migliorato: Celestine aveva aperto il suo cuore ed erano tornate a condividere i loro pensieri.

«Vuoi rimanere per il tè?» le chiese.

Celestine sembrò dubbiosa.

«Ti prego.»

«Va bene» accettò, e Victoria Black ebbe la sensazione di aver fatto bene a insistere. Celestine seguì la gemella nel salotto e sedette su una delle sedie a strisce bianche e nere.

«Che cosa sono quelle?» chiese indicando il tavolino da caffè.

«Ali!» rispose Victoria Black allegramente. Poi le sollevò e le passò a Celestine. Erano di mussola lucida, tesa a rivestire un'intelaiatura metallica e risplendevano, punteggiate da diamanti veri.

«Sono stufa dei vecchi fiori» spiegò Victoria Black. «Voglio qualcosa di diverso. Qualcosa che si addica a una grande regina! Guarda, vedi, hanno le bretelle per essere indossate sulle spalle. Ho intenzione di fare una magia e renderle adatte al volo!»

Celestine aggrottò la fronte.

«Lo sai che secondo la legge solo le foglie e i fiori sono autorizzati a volare» precisò. «Vuoi finire in prigione?»

«Non finirò mai in prigione!» si schernì Victoria Black. Poi si abbandonò a un sogno a occhi aperti nel quale lei planava sopra Selva Spirilla con il frullio delle grandi ali scintillanti alle spalle. Che meraviglia avrebbe destato! Sarebbe stato molto più efficace che scorrazzare su uno sciocco, vecchio fiore. Avrebbe indossato gli stivaletti lucidi con i lacci di satin rosa e un vestito con i bottoni di tormalina fucsia. Quello spettacolo avrebbe messo a tacere il gruppo contro i diamantini.

«Promettimi che non volerai in giro con quelle» la pregò Celestine. «Giuramelo, sulla tua vita!»

«No!» si rifiutò Victoria Black.

Celestine si alzò in piedi, pronta ad andarsene.

«Aspetta!» si affrettò a dire Victoria Black alzando le mani, ma incrociando le dita dei piedi dentro gli stivali. «Lo giuro! Sulla mia vita!»

«E sulla mia» aggiunse Celestine. «Giuralo anche sulla mia!»

«No.» Victoria Black fu lapidaria. «Non chiedermi mai di fare una cosa del genere.»

Capitolo 23

Quando Celestine si avviò lungo il grande viale per incontrare Dorina, il sole stava calando e le lucine sugli alberi cominciavano a brillare. Anche i lampioni erano stati accesi da poco: campanule dai bagliori viola, arancione e rosa.

«Che bella serata!» esclamò Dorina mentre superavano il palazzo reale per poi imboccare una stradina tutta curve che si apriva su una grande radura piena di muschio. Celestine annuì, ma non riusciva a rilassarsi. Come al solito, era in pensiero per Victoria Black, per lei e per ciò che avrebbe combinato. Il loro incontro della sera precedente le aveva lasciato una certa inquietudine. Inoltre, si sentiva un po' in colpa. Che cosa avrebbe pensato sua sorella se avesse scoperto che era andata a un evento di Nubiflora? In realtà, ragionò Celestine, voleva solo passare del tempo con Dorina e Burnetto. L'idea di farsi nuovi amici a Rivomago le piaceva.

Raggiunsero la radura, già gremita. Burnetto indicò Nubiflora, indaffarata davanti alla folla. Aveva capelli color rosso ciliegia raccolti in due chignon ai lati della testa. Le ciglia erano glitterate e sulle labbra risplendeva un rossetto rosso brillante che si abbinava perfettamente ai capelli. Il suo sorriso era grande e amichevole e Celestine non poté fare a meno di provare un'immediata simpatia nei suoi confronti.

«Sediamoci qui» propose Dorina indicando una fila di funghelli liberi. Allora si sedettero e presero a chiacchierare, in attesa dell'inizio dell'evento. Burnetto mostrò a Celestine cosa aveva imparato al suo apprendistato fino a quel momento, incantando i suoi dracoletti con la magia.

Celestine sorrise in segno di approvazione, cercando di godersi la serata con i suoi nuovi amici, ma la sua mente era altrove. E se la legge avesse stabilito che il futuro re, o regina, dovesse essere eletto? A quel punto Victoria Black avrebbe messo fine al sempre più pericoloso tentativo di ascesa al trono? Di sicuro non le sarebbe piaciuto… Ma forse in quel modo sarebbe passata oltre.

Quando tutti i funghelli furono occupati, Nubiflora balzò su quello più largo e piatto, sistemato di fronte agli altri.

«Buonasera!» salutò a voce altissima alzando le mani per aria. Indossava una giacca nera con le maniche larghe e due nastrini argentati alle estremità. «Benvenuti!» aggiunse, rivolgendo dei sorrisi calorosi al pubblico. «Sono così felice di vedere che siete in tanti!» La folla esultò e Nubiflora fece un grande inchino.

«Siamo ogni giorno più numerosi!» aggiunse. «Ed è una cosa magnifica! Penso che sia arrivato il momento di far sentire la nostra voce, non è così?»

«Sì!» urlò qualcuno dalla folla.

«Io sono fortemente convinta che ogni spirillo nasce uguale all'altro» proseguì Nubiflora. «E credo che sia tempo che le cose cambino!» Celestine si contorse, cercando di farsi piccola piccola. Non riusciva a pensare a nient'altro se non al diamante da cui era nata.

«La foresta è un posto abbastanza tranquillo» proseguì Nubiflora. «E, naturalmente, tutti amiamo la regina Cassiopea. Ma chi le succederà al trono? Victoria Black?»

La folla fischiò e Celestine sentì il cuore battere all'impazzata. Era sua sorella, dopotutto. All'improvviso, provò un senso di protezione verso la gemella e di indignazione. Come si erano permesse le autorità di dichiarare impuro il loro diamante? Era pur sempre un diamante, accipicchia!

«È lei il genere di spirillo che vogliamo sul trono?» Nubiflora proseguì. «Sarà buona e giusta?»

«No!» gridò la folla all'unisono.

«Be', lei si è mobilitata per diventare la nostra futura regina ed esiste la possibilità che ottenga ciò che vuole...» spiegò Nubiflora. «Ci sono spirilli che cominciano a sostenerla, ma noi non permetteremo che vincano! Dovremmo avere la possibilità di eleggere chi ci comanda!»

Gli spirilli lì radunati annuirono in segno di approvazione, quindi si alzarono in piedi ed esultarono, battendo le mani.

«Fermiamo Victoria Black!» strillò qualcuno e altri lo seguirono, fino a quando la folla cantò all'unisono: «Fermiamo Victoria Black. Fermiamo Victoria Black!»

«Manteniamo Selva Spirilla un posto felice e tranquillo!» urlò Nubiflora sopra il clamore. «Questa è la cosa più importante! Pace, amore e felicità!»

Appena concluse, la folla si scatenò in un applauso. La spirilla fece un altro ampio inchino e saltò giù dal suo piccolo palco. Allora prese a girovagare e a chiacchierare con gli spirilli presenti. Celestine si contrasse con il viso in fiamme.

«Devo andare» riuscì a dire a Dorina.

«Vengo con te» replicò l'altra. Così entrambe lasciarono Burnetto all'evento e si incamminarono verso il grande viale.

«Mi dispiace» esordì Dorina. «Non sapevo che avrebbe parlato così tanto di Victoria Black...»

«Non ti preoccupare» la rassicurò Celestine. Adesso che erano lontane dalla radura, si sentiva più serena. «Mi ha turbata un po', tutto qui.»

«Sai, si preoccupano per una futura successione al trono...» aggiunse Dorina. «Ma ascolta, dimentichiamoci di Nubiflora. Non avrei dovuto invitarti al comizio, è stata una mancanza di sensibilità da parte mia. Mi dispiace.»

Ormai erano vicine ai cancelli dorati del palazzo reale e attorno a loro era pieno di spirilli che si muovevano freneticamente. Tra questi Celestine notò uno strano gruppetto. Avevano dei vestiti di pizzo nero e gli occhi erano pesantemente truccati con la matita nera. Ma fu la vista delle loro ali che indusse Celestine a fermarsi. Infatti, tutti indossavano delle ali delicate, realizzate interamente con un tessuto che si increspava al soffio della brezza notturna. Sembravano uniti e fieri, distaccati ed euforici. Celestine desiderò unirsi a loro, anche solo per una notte, per sentire di appartenere a qualcosa.

All'improvviso un'ombra oscurò la luna e da lontano giunse un grido. Allora Celestine alzò lo sguardo e sentì in cuore in gola. Era Victoria Black... volava in quota e il suo profilo si stagliava al chiaro di luna. Sulle sue spalle, le ampie ali si spiegavano con un portamento regale e brillavano, tempestate di diamanti e illuminate dal riverbero della bacchetta magica.

«Wow!» esclamò Dorina.

Poi si sentì un botto potente e tutti gli spirilli lì attorno urlarono, terrorizzati. Victoria Black volteggiò nel cielo notturno con un'espressione trionfante e il suo vestito nero si gonfiò dietro di lei. Quindi ondeggiò ancora la bacchetta magica e, con degli scoppiettii assordanti, fece apparire dei fuochi d'artificio. Gli spirilli rimasero a osservare, attoniti: le orecchie puntute tappate con le mani e le bocche spalancate per l'incredulità. Celestine guardava con orrore il viso della sorella, di un pallore opalescente alla luce della bacchetta magica, e le sue labbra, stirate in un sorriso compiaciuto.

«Ascoltatemi, sono la vostra principessa!» tuonò con una voce ancora più potente degli scoppi dei fuochi d'artificio. «Sono nata da un diamante!» Nel proferire quelle parole, sembrava proprio felice... felice in un modo delirante e folle.

Celestine si sentì svenire. Che cosa stava facendo sua sorella?! Che cosa avrebbe pensato la regina Cassiopea, se si fosse affacciata e avesse visto quello spettacolo? Anzi, sicuramente la voce di Victoria Black arrivava fino al palazzo!

«Lasciate che vi racconti una storia...» continuò lei guardando in basso dalla sua posizione sopraelevata. «È la storia di come mi è stato negato il diritto per nascita di successione al trono in tutti questi anni...»

«Non sarai mai la nostra regina!» urlò qualcuno e un brusio di rabbia crebbe tra la folla. Victoria Black proseguì, imperturbabile.

«In una notte buia e tempestosa...» cominciò «illuminata da una luna scarlatta...»

Ma la folla stava iniziando a innervosirsi: tutti cominciarono a parlottare e a gridare, tanto che Victoria Black non riusciva più a sentire la propria voce. Celestine credette di svenire: voleva scappare via e nascondersi, ma allo stesso tempo non riusciva a distogliere gli occhi dalla sorella. Che cosa aveva in mente? Alcuni tra gli spirilli presenti cominciarono a sollevare i pugni per aria, altri addirittura si erano levati in volo su foglie e fiori e puntavano su Victoria Black.

«Andate via!» strillò lei, impaurita. «Ascoltatemi!» A quel punto abbassò lo sguardo sugli spirilli vestiti di nero, i suoi sostenitori. «Aiutatemi!»

Ma nessuno di loro si mosse: si limitarono a fissarla, terrorizzati, cercando di farsi piccoli piccoli. Sapevano di non essere ben accetti dal resto della folla.

Istintivamente, quando vide l'espressione della sorella mutare in puro panico, Celestine si coprì la bocca con la mano e fece un balzo in avanti: «Le faranno del male!» Ma Dorina la trattenne, facendola arretrare.

«No!» la ammonì. «Tu ti farai del male!»

«Non mi importa!» gridò lei mentre le lacrime che le rigavano le guance.

Tornò a guardare Victoria Black, ma questa volta non fu capace di scorgerla, tanti erano gli spirilli che l'avevano circondata. Nel mentre, la spirilla in volo si guardava attorno confusa, sparando fuochi d'artificio con la bacchetta magica e cercando di respingere ogni individuo che le si avvicinava.

All'improvviso, un possente urlo squarciò l'aria e Celestine emise un flebile gemito nel vedere la sorella precipitare, le ali strappate dalla furia degli assalitori, i brandelli trasparenti sospesi al vento, mentre lei perdeva irrimediabilmente quota. Senza pensarci due volte, Celestine saltò sul suo fiore e decollò alla velocità della luce. Allungò le braccia giusto in tempo perché Victoria Black vi piombasse contro con un contraccolpo, che fece perdere loro l'equilibrio per qualche istante, prima di planare a terra, delicatamente.

«Che cosa hai in testa?» sbottò Celestine, furiosa. «Avresti potuto farti male!»

«Mi *sono* fatta male!» ribatté Victoria Black. «Mi sono graffiata la guancia!»

Poi si udì un frastuono di clacson e in aria comparve un turbinio di guardie, bacchette alla mano e scudi levati. Piombarono in volo su Victoria Black e la afferrarono per i gomiti.

«LASCIATEMI ANDARE!» strillò lei provando a divincolarsi dalla loro presa.

«Aspettate!» gridò loro Celestine, ma le guardie la ignorarono. Sollevarono la prigioniera e la fecero volare su una foglia, diretti agli alberi di stato, sul retro del palazzo.

Celestine scoppiò a piangere, un fiume di lacrime inarrestabile, come mai le era successo prima di allora. Quando sollevò lo sguardo, si trovò circondata da visi furibondi che la fissavano cupamente.

«Ti hanno vista salvare Victoria Black» le sussurrò Dorina.

Capitolo 24

«Questa faccenda non farà bene agli affari...» borbottò Ducadoro il giorno seguente. «Ormai circola la notizia che Victoria Black è tua sorella. Non posso lasciare che i clienti ti vedano in negozio.»

Celestine si sedette dietro il bancone e si prese la testa tra le mani.

Non aveva dormito neanche un secondo, cercando di immaginare cosa fosse successo a Victoria Black dopo che le guardie l'avevano portata via.

«Mi metti in una situazione difficile...» continuò l'altro. «Siamo i gioiellieri della regina.»

«Lo so» rispose Celestine. «Mi dispiace. Non so cosa fare.»

«Non è colpa tua» commentò Ducadoro. «Ma penso che sia meglio che tu lavori nel laboratorio sul retro, fino a quando le acque non si saranno calmate.»

«D'accordo» replicò Celestine con il viso in fiamme.

«E se Victoria Black combinerà qualcos'altro, non mi rimarrà altra scelta che licenziarti. Mi dispiace» concluse.

«Lo capisco» rispose lei in un sussurro.

Appena le fu possibile allontanarsi dal negozio, Celestine indossò il mantello, abbassando il cappuccio fino a nascondere il viso, e si avviò lungo il viale per raggiungere il palazzo di Victoria Black. Bussò e la porta si schiuse appena e Celestine intravide il viso pallido della sorella sbirciare dallo spiraglio.

«Entra» sibilò Victoria Black e Celestine si fece piccola per sgattaiolare dentro in un soffio.

«Ti hanno lasciata andare!» gridò Celestine, sollevata. «Hai pianto?»

«No» replicò Victoria Black passandosi le mani sui segni neri che le rigavano il viso. Poi, accompagnata dal ticchettio dei passi, percorse il pavimento a scacchi bianchi e neri per dirigersi alla torretta. La sua andatura sembrava diversa, meno sicura.

«È stato davvero stupido quello che hai fatto, sai?» la riprese Celestine, seguendola. «Guarda in che guaio ti sei cacciata... Mi avevi giurato che non avresti usato le ali!»

«Sono stufa di sentirti dire cosa devo o non devo fare» protestò Victoria Black con aria stanca mentre pestava i piedi sulla scala a chiocciola. Arrivata in cima, aprì la porta della torretta. La stanza era piccola e rotonda, ricavata da un grosso ramo, le pareti punteggiate di stelline nere e una finestra ogivale.

Proprio a quella si diresse Victoria Black, dando le spalle a Celestine.

«Se sei venuta per rimproverarmi, allora te ne puoi anche andare» puntualizzò.

Celestine respirò profondamente, cercando di placare la rabbia e facendo appello invece alla sensazione di sollievo che la sorella stesse bene. Ma era difficile. Victoria Black aveva quasi rovinato tutto, per entrambe.

«Che cosa ti hanno fatto?» chiese.

«Mi hanno dato un avvertimento...» rispose l'altra. «Hanno preso le mie ali e hanno detto che la prossima volta finirò in prigione. Per poco non mi hanno tolto anche la bacchetta magica.» Diede un forte calcio alla parete con lo stivale nero.

Celestine rimase in silenzio. Si sentiva ancora ribollire per la collera, che minacciava di straripare. Rimase ferma a osservare la figura sottilissima della sorella nell'abito nero e l'enorme e spettinato chignon nero sopra la sua testa. Poi fissò la corona brillante come il ghiaccio e l'esile collo che la reggeva.

«Nessuno mi capisce, specialmente tu» riprese Victoria Black.

«*Specialmente* io?» Celestine sentì esplose di rabbia. «Tu non fai niente per facilitarmi l'impresa! Il tuo modo di vedere le cose è troppo diverso dagli altri spirilli!»

«Infatti» ammise Victoria Black. «Dentro di me è come se scoppiassero lampi improvvisi... il bagliore delle stelle e l'oscurità più profonda. Qualche volta mi sento sopraffatta. In me c'è tutta l'imperfezione del Diamante Nero.»

«Dici sempre così...» le fece notare Celestine. «E se anche io avessi un po' del Diamante Nero?»

«Non è possibile!» gridò l'altra girandosi su se stessa tanto velocemente che la corona le si mise di traverso. «È una cosa solo mia!»

«Tu non puoi saperlo!» gridò la sorella. «Ti inventi le cose e basta! In ogni caso, il Diamante Nero non vuol dire niente! È una cosa inventata!»

Victoria Black sospirò.

«Tu non sei il Diamante Nero» continuò a gridare Celestine. «Non sei più speciale degli altri! Sei una spirilla egoista a cui non importa niente del prossimo. Non ti importa neanche di me! Io perderò il lavoro per colpa tua!»

Victoria Black parve stordita per un momento, ma poi tornò in sé.

«Ah ecco perché sei qui, è per il tuo lavoro. T'importa solo di quello, come sospettavo» disse.

«Che cosa?» Celestine si mise a piangere, ma si asciugò le lacrime con un gesto rabbioso della mano. «Come fai a dire una cosa del genere?» chiese. «Io sono *l'unica* a cui importa di te. Chi ti ha salvata ieri, mentre precipitavi? Hai rischiato la vita! E non mi hai nemmeno ringraziata. Chi è sempre al tuo fianco, anche quando sei inavvicinabile? *Io!*»

«Non sei sempre al mio fianco!» Victoria Black le restituì il colpo. «Da quando ci siamo trasferite a Rivomago non fai che ignorarmi!»

«Io...» Celestine non sapeva cosa dire. Era vero, aveva cercato di evitare la sorella. «Tu mi hai allontanata...» replicò «con tutti i tuoi segreti. Non vuoi che ti sia vicina come lo eravamo un tempo e non vuoi neanche lasciare che io sia indipendente da te! Ma sembra che tu proprio non lo capisca, nessuno ti vuole come regina! Neanche un singolo spirillo. Saresti una regina tremenda!»

Victoria Black era diventata più pallida del solito e i suoi occhi erano vitrei. Celestine capì di averla ferita, ma non poteva fermarsi proprio in quel momento, era un fiume di parole. Quella sensazione era terribile ed emozionante al tempo stesso. Forse era come si sentiva sempre Victoria Black?

«Tu non sarai mai regina!» urlò. «*Mai!* Finirai chiusa in prigione e saremo tutti contenti!» Si zittì, con il cuore che batteva all'impazzata.

I grandi occhi di Victoria Black erano pieni di lacrime. Lacrime che scorrevano lente lungo le guance, fino a cadere sul pavimento.

«Vattene» le disse. «Ti odio.»

«Anche io ti odio» ribatté Celestine.

Rimasero immobili a fissarsi e Celestine sentì il cuore spezzarsi in due. Allora corse giù per le scale, con il mantello che si gonfiava alle sue spalle.

«Non voglio vederti mai più!» gridò quando arrivò al pianterreno. Strattonò l'enorme porta d'ingresso e la aprì. «Quanto vorrei averti lasciata cadere!»

Victoria Black rimase a guardare il portone che si richiudeva alle spalle di Celestine con un tonfo sordo. Non aveva mai visto la sorella così arrabbiata. Ancora stordita, strinse con le dita il davanzale e deglutì, sbattendo velocemente le palpebre e sentendo una voragine aprirsi nel petto. Per riempire quel vuoto, cominciò a mormorare un motivetto, saltellò giù per le scale e finì in scivolata sul pavimento lucido dell'imponente ingresso.

Sotto il lampadario di quarzo rosa cominciò a danzare meccanicamente, un turbinio di pizzo nero e diamanti. Stardust svolazzava alle sue spalle e lei aveva gli occhi che le brillavano di lacrime. Non si era mai sentita così triste. Anzi, così furiosa e triste insieme.

Capitolo 25

Celestine corse lungo il grande viale più veloce che poté, aveva la vista annebbiata dalle lacrime e a malapena riusciva a vedere davanti a sé. Alla fine, entrò dal retrobottega di Ducadoro e corse su per le scale a chiocciola, raggiungendo il suo alloggio in cima al tronco d'albero.

Fuori, il cielo era una tavolozza scura punteggiata di stelle splendenti. In lontananza rombarono dei tuoni e nuvole nere cominciarono a solcare una luna verde pistacchio: era in arrivo un temporale. Celestine accese la lampada fiore e un bagliore rosato avvolse la stanza. Avrebbe lasciato l'apprendistato da Ducadoro e avrebbe ricominciato da qualche altra parte, lontano da Victoria Black. Sarebbero state meglio l'una senza l'altra.

Celestine si asciugò gli occhi e cominciò a radunare le sue cose. Quando ebbe finito era quasi mezzanotte e gocce di pioggia scorrevano lungo il vetro della finestra. Sarebbe partita all'alba. La spirilla si coricò, ma non riuscì a chiudere occhio: in mente le balenavano immagini del volto bellissimo e perfido di Victoria Black. Poi, quando finalmente riuscì ad addormentarsi, fece incubi tremendi: sentiva le grida di sua sorella in lontananza.

La mattina seguente, Celestine si svegliò di scatto sotto lo scroscio della pioggia battente fuori dalla finestra. All'improvviso, si udì il fragore di un tuono e un fulmine squarciò il cielo. Celestine tremò e subito il suo sguardo corse alle valigie, allineate vicino alla porta. Poi si alzò e scese in bottega, a cercare Ducadoro.

«Buongiorno» lo salutò, ma lui non rispose. Le dava la schiena seduto al bancone con le spalle afflosciate.

«Si sente bene?» gli chiese.

Ducadoro si girò verso di lei. La barba, di solito ben curata, era in disordine e lui aveva gli occhi cerchiati di rosso.

«Che cosa è successo?» chiese ancora Celestine, cominciando ad agitarsi.

«Si tratta della regina» rispose Ducadoro, con voce

rotta. «Lei è… è…» Sembrava che non riuscisse a trovare le parole.

«Lei è cosa?» sussurrò Celestine.

«Andata» aggiunse Ducadoro, scoppiando a piangere.

Celestine non aveva mai visto piangere un anziano prima di quel momento. «La nostra cara e dolce Cassiopea è morta!»

Capitolo 26

Celestine fu invasa da un gelido sentimento di terrore, quindi si avvicinò al bancone in cerca di un appoggio.

«Morta? Come può essere accaduto?» chiese.

«È stata… uccisa» singhiozzò Ducadoro. «Con un maleficio della morte. La notizia si è diffusa in tutta Rivomago. La sua damigella personale l'ha trovata la notte scorsa, immobile nel letto, fredda come il marmo.»

Celestine sentì un nodo alla gola e poi la stanza prese a girare, stava per svenire.

«Ma… Victoria Black!» riuscì a dire.

«Sicuramente è lei la colpevole…» aggiunse Ducadoro.

«A quanto pare, ha tirato giù il palazzo dalle urla, quando le guardie l'hanno trascinata in prigione, nelle prime ore del mattino.» Prese un fazzoletto dalla tasca e si tamponò gli occhi umidi.

«Ma non avrebbe… non avrebbe potuto… lei non conosce il maleficio della morte!» esclamò Celestine. Eppure, anche se lo aveva appena detto, sapeva che poteva sbagliarsi. Victoria Black custodiva segreti oscuri. Anzi, segreti pericolosi. E, quando l'aveva lasciata la sera prima, il suo volto mostrava intenzioni crudeli.

«C'è una prova…» aggiunse Ducadoro. «Hanno trovato la polvere del suo diamante sulla scena del crimine.»

«La polvere del suo diamante?» Celestine fissò Ducadoro, incapace di respirare. Gli spirilli usavano la polvere del cristallo di nascita solo ed esclusivamente per lanciare degli incantesimi!

«Mi dispiace moltissimo» continuò Ducadoro. «Ma non potrai più lavorare qui, non mi rimane altra scelta. Appena questo polverone si placherà, te ne dovrai andare.» Con queste parole, si alzò dallo sgabello e lasciò la bottega. Celestine lo seguì con lo sguardo mentre i suoi pensieri cadevano preda di un vortice. Possibile che quanto aveva detto alla sorella l'avesse poi spinta a un'azione atroce come quella lì? Aveva forse lei stessa una parte di responsabilità? Lo doveva scoprire!

Corse all'ingresso del retrobottega e afferrò il suo fiore dall'apposito supporto, poi spalancò la porta e uscì fuori sotto il diluvio incessante. Gocce di pioggia più grandi del suo pugno le piombarono in testa, esplodendo in mille spruzzi, che le finirono negli occhi. Una volta salita in groppa al fiore, prese il volo, sballottata dalle raffiche di vento. Ma quasi non percepiva il tempo atmosferico: nelle vene le scorreva una furia incandescente. Non aveva mai provato tanto odio per la sorella e la cosa la spaventava. Volò a bassa quota lungo il grande viale, facendo lo slalom tra gli alberi e uscendo così dai confini di Rivomago verso una zona più isolata e rocciosa della foresta, sul versante meridionale del ruscello. Non si era mai avvicinata così tanto alle prigioni e, appena avvistò il luogo, rabbrividì. Da una parete rocciosa a ridosso della sponda del fiume erano state ricavate file di celle. Su una sporgenza pianeggiante ai piedi della parete c'era una piccola costruzione, e Celestine immaginò che dovesse essere la sede degli uffici. Vi atterrò per sbirciare alla finestra.

«Ho bisogno di vedere Victoria Black!» esordì. «Per favore!»

«E tu chi sei?» la guardia aggrottò la fronte.

«È mia sorella!» gridò Celestine. «La mia gemella! Noi non abbiamo nessun'altro al mondo. La prego, devo

DUCADORO

vederla!» Indirizzò uno sguardo implorante alla guardia, mentre le gocce di pioggia le bagnavano le lunghe sopracciglia e scivolavano via dal nasino da spirilla. La guardia sembrò impietosirsi.

«Va bene» disse dopo qualche istante. «Ti concedo un quarto d'ora. Consegna la tua bacchetta magica e svuota le tasche, per piacere.» Celestine obbedì, poi fu guidata su per alcuni gradini nella parete rocciosa e lungo una sporgenza dove c'erano una serie di porte con finestrelle sbarrate.

«Eccola qui» disse la guardia, indicandone una. Poi arretrò di alcuni passi per rimanere a sorvegliarla.

Celestine prese un respiro profondo e sbirciò dalla grata. Era così buio che subito le fu difficile distinguere l'interno. Ma poi qualcosa si mosse in un angolo della stanza e lei notò la sagoma di un'ombra, ricurva e con il viso rivolto alla parete. Celestine fece per aprire la bocca, pronta a urlargliene quattro, per rimproverarle quanto fosse malvagia e ignobile. Però dalle labbra uscì solo un sussurro: «Victoria Black?»

La figura di fianco alla parete ebbe un sussulto. Victoria Black girò la testa e, a dispetto di tutto, Celestine sentì una fitta al cuore. Aveva il volto ancora più pallido del solito e tutto il trucco nero era stato lavato via. I capelli erano sciolti e scompigliati e le ricadevano lunghi fino ai fianchi. Indossava una divisa da carcerata, un vestito a strisce nere e grigie con i calzini raccolti attorno alle caviglie, tanto le andavano grandi. In testa non portava nessuna corona, e vederla senza era davvero strano.

«Celestine!» esclamò Victoria Black correndo alla grata e stringendo le sbarre con le mani. I suoi occhi erano grandi e spauriti. All'improvviso, sembrava piccolissima e fragilissima. «Sei qui!» continuò Victoria Black con la voce rotta. «Sei venuta! Pensavo che non ti avrei più rivista.» Le spalle le tremarono per i singhiozzi. «Mi dispiace tantissimo» proseguì. «Mi dispiace così tanto... Per tutto! Io non ti odio, non potrei mai odiarti! Tu sei l'unica che mi capisce fino in fondo...» prese fiato, asciugandosi le lacrime sulle guance. Celestine la guardava, senza parole. «Scusa se ti ho rovinato la vita» riprese. «Tu sei l'unica spirilla di cui mi importi. Io ti voglio bene, Celestine! Ero terrorizzata all'idea di non vederti mai più, al pensiero che mi avresti odiata per sempre e che non avrei mai avuto la possibilità di dirti quanto fossi dispiaciuta!»

Celestine non riusciva ancora a parlare. A stento respirava. Il nodo alla gola era troppo grande. Tese le mani verso le sbarre per prendere quelle di Victoria Black. Non si domandò nemmeno se stesse stringendo le mani di un'assassina, in quel momento non le importava.

«Non potrei mai odiarti» sussurrò alla fine Celestine.

«Ti ho sempre voluto bene. E te ne voglio ancora, nonostante tutto. Anche io sono dispiaciuta per le cose che ho detto.»

Victoria Black sorrise con le lacrime agli occhi e strinse forte le mani della sorella.

«Sei stata tu?» chiese Celestine. «Hai ucciso la regina?»

«No!» obiettò l'altra, offesa. «Pensi davvero che sarei capace di fare una cosa simile?» chiese.

«Qualche volta non ne sono sicura...» ammise Celestine.

«Be', non l'ho fatto!» esclamò Victoria Black con un certo fervore. «Mi credi oppure no? Te lo giuro, non sono stata io. Lo giuro sulla *tua* vita!»

Celestine scrutò gli occhi della sorella e per un istante vi colse una tenerezza, sepolta in fondo a una scorza dura e gelida. Scorse anche una parte di sé, là in fondo. Victoria Black si era sbagliata: c'era un sole splendente dentro di lei e c'era un raggio di luna in Celestine. Non erano interamente una cosa o l'altra. Entrambe erano un po' *Black*.

«Non sei stata tu» dichiarò. «Non saresti così crudele!»

«Certo che non sono stata io!» ribadì Victoria Black.

«Ma... la polvere di diamante...» ricordò la sorella. «Ducadoro mi ha detto che hanno trovato la tua... la *nostra* polvere di diamante sulla scena del crimine!»

«È vero, ma deve avercela messa qualcuno! Non sono mai entrata a palazzo, lo giuro» rispose Victoria Black.

«Ma chi farebbe mai una cosa simile?» le chiese, smarrita.

«Qualcuno mi ha incastrata» ribatté Victoria Black. «Lasciando tracce della mia polvere di diamante voleva far credere che io mi trovassi nella camera da letto della regina.» Poi abbassò la voce in modo che la guardia non potesse sentire. «La polvere del cristallo d'origine serve per l'incantesimo dell'invisibilità. La cospargi sul corpo in un certo modo e ti rende invisibile. Le autorità sostengono che con questo stratagemma mi sono introdotta a palazzo e ho scagliato il maleficio della morte sulla regina. Dicono che un po' della polvere sia caduta dal mio corpo, mentre mi trovavo lì... Ma io non ci sono mai stata! Non ero io! Qualcuno mi ha incastrata e penso che si tratti di qualche pezzo grosso... Volevano solo una scusa per mettermi in galera.»

«Ma non ha senso» notò Celestine. «Le autorità non avrebbero ucciso la regina solo per incastrarti. Tutti adorano la regina Cassiopea!»

«È vero...» rifletté Victoria Black con le sopracciglia aggrottate per il dubbio. «Non ci avevo pensato.»

«E l'incantesimo dell'invisibilità è proibito, quindi

come avresti potuto farlo? Dobbiamo riferire alle autorità che hanno commesso uno sbaglio!»

«Oh, be'...» la interruppe Victoria Black con aria colpevole. «In realtà ho una copia del *Libro dello Spirillo*... Le guardie l'hanno trovata, quando hanno perquisito il mio palazzo.»

«*Cosa?*» Celestine fissò la sorella a bocca aperta.

«Già...»

«Oh, Victoria Black!» continuò Celestine. «Sei la mia gemella e ti voglio bene, ma...» la voce si affievolì. «Come hai fatto ad avere il libro? Pensavo che avessero bruciato tutte le copie esistenti anni fa!»

«La mia... amica ne aveva una copia» ammise l'altra. «La tipa che hai visto con me nella foresta. Quella con i capelli metà neri e metà bianchi, Ursulina.»

«Ursulina...» ripeté Celestine. Era la prima volta che sentiva quel nome.

«Sì» continuò la sorella. «Io l'ho duplicato a sua insaputa. Io...» fece una pausa, e Celestine ebbe l'impressione che si fosse distratta a seguire un pensiero, come se nella sua mente stesse sistemando i pezzi di un puzzle.

«Ursulina!» sibilò, all'improvviso. «Deve essere stata lei!» Si batté la mano sulla fronte. «Che stupida che sono stata! Oh, *la ucciderò*!»

«Neanche per sogno!» si affrettò a ribattere Celestine

lanciando un'occhiata alla guardia. «Non direi cose del genere, se fossi in te. Sei già abbastanza nei guai.»

«Ma ha senso!» rifletté Victoria Black, allontanandosi dalle sbarre per camminare in tondo nella cella. «È l'unica spirilla che poteva entrare in possesso della polvere del cristallo da cui sono nata! Abbiamo creato delle pozioni assieme. Ho lasciato una boccetta con la polvere di diamante nel suo carrozzone, ero andata a prenderla alle Cripte!»

Celestine sbiancò in viso e scosse il capo per lo sconforto.

«Lo so...» ammise Victoria Black «ho fatto delle cose orribili, ed è per questo che te le ho tenute nascoste. Volevo proteggerti.»

«Non ho bisogno che tu mi protegga!» gemette Celestine. «Vorrei che tu avessi condiviso ogni cosa con me sin dall'inizio! Assieme avremmo potuto impedire questa tragedia!»

Victoria Black sembrava dubbiosa.

«Pensi davvero che sia stata Ursulina a incastrarti?» chiese Celestine.

«Io *so* che è stata lei!» confermò Victoria Black. «Mi stava aiutando a diventare regina, ma solo a patto che anche lei avesse una fetta di potere a palazzo. Dopo il ballo dei diplomi, abbiamo fatto una brutta litigata...

E lei ha tentato di uccidermi con il maleficio della morte! Per fortuna sono riuscita a scappare.»

«Ha cercato di *ucciderti*?!» ripeté Celestine.

«Sì, quindi è ragionevole credere che avesse in mente di uccidere anche la regina Cassiopea...» dedusse Victoria Black. «Oh, Celestine, che stupida che sono stata! Vorrei non essere mai diventata sua amica!»

«Anche io lo vorrei...» concordò Celestine. «Ma non ci puoi fare niente, adesso. Sembra che Ursulina voglia ancora conquistare il potere... E se ti incastra con questo assassinio otterrà anche la sua vendetta.»

«Voleva diventare regina sin dall'inizio» rifletté Victoria Black con sguardo torvo. «Come ha osato anche solo sperarci! Lei non è nata da un diamante!»

«Ma ha il *Libro dello Spirillo*, non è così?» chiese Celestine. «Oh, Victoria Black, le autorità non crederanno mai a questa storia... Non abbiamo nessuna prova che Ursulina sia mai esistita, a parte la tua parola e la tua parola, in questo momento, non conta molto. Che cosa facciamo? Se Ursulina ha ucciso la regina e ti ha fatto imprigionare, che cosa sarà pronta a fare pur di arrivare al trono?»

Le due sorelle si scambiarono uno sguardo e Celestine sentì un brivido freddo irradiarsi in tutto il corpo, mentre il viso di Victoria Black diventò bianco come il gesso.

«Diamante Nero o no, adesso sei tu l'unica spirilla diamantina a poter diventare regina...» sussurrò. Poi lanciò un grido di paura e afferrò forte le sbarre. «Celestine!» riprese con un gemito. «È colpa mia! Ho fallito e non ti ho protetta! Se Ursulina vuole veramente diventare regina, allora tu sei in grave pericolo!»

«Ma... ma io non voglio essere regina!» balbettò Celestine, cominciando ad andare nel panico. Victoria Black le stava mettendo paura.

«Be', ma comunque potresti!» le fece notare la sorella. «Lo stesso Lord Astrofelio mi ha detto che noi avremmo potuto essere prese in considerazione per la successione al trono, nel caso in cui la regina fosse morta e non ci fossero stati altri eredi nati da un diamante.»

«Non ci credo!» esclamò l'altra. «E in ogni caso, il prossimo re o regina potrebbe essere eletto!»

«Lo dubito...» ribatté Victoria Black. «Non finché esisteranno spirilli diamantini... Mi devi credere! Sei in pericolo!»

«Smettila!» le ordinò Celestine. «Mi stai spaventando!»

«*Devi* avere paura!» continuò sua sorella. «Ursulina è ancora là fuori e forse in questo momento ti sta già cercando!» A quel punto appoggiò la testa alle sbarre, disperata. «Che cosa ho fatto?»

Proprio in quel momento, la guardia si avvicinò a

Celestine, facendole cenno che il tempo a disposizione era finito.

«Devo andare» disse con voce tremante. «Ma tornerò a farti visita presto, te lo prometto!»

«Ti voglio bene» le rispose Victoria Black. «Non sai quanto.»

«Anche io ti voglio bene!» le gridò Celestine.

Capitolo 27

Celestine tornò alla massima velocità alla bottega di Ducadoro. La pioggia le sferzava il viso e le raffiche di vento deviavano la sua rotta, ma a lei non importava. Continuavano a ronzarle in testa tutte le cose che aveva appena appreso. L'idea che Ursulina potesse darle la caccia la impauriva e così si ritrovò a voltarsi indietro continuamente per guardarsi le spalle, mentre sfrecciava sopra le vie deserte di Selva Spirilla. Voleva solo tornare da Ducadoro per prendere le sue valigie e andare da Tiska all'Accademia degli esploratori. Tiska avrebbe saputo consigliarla!

Giunta alla bottega, Celestine fu sorpresa di trovarvi

Lord Astrofelio, impegnato in una fitta conversazione con Ducadoro. Prima di quel momento non lo aveva mai incontrato dal vivo e rimase impressionata dal suo aspetto vetusto.

«Ah!» esclamò lui. «La spirilla che cercavo! C'è una cosa di estrema importanza di cui dobbiamo discutere.»

Il battito del cuore di Celestine accelerò mentre seguiva l'autorità su per le scale verso gli alloggi privati dell'albero di Ducadoro, dove si trovava anche un salottino. Lord Astrofelio quasi scricchiolò accomodandosi su una poltrona di velluto verde smeraldo mentre Ducadoro sgattaiolava in cucina a preparare il tè.

Lord Astrofelio giunse i polpastrelli senza unire i palmi delle mani e allungò lo sguardo su Celestine. Sembrava stanco, come se portasse sulle spalle tutto il peso di Selva Spirilla.

«Adesso che la regina Cassiopea è... scomparsa» esordì «e Victoria Black è in prigione, il trono è vacante. Tu sei l'unica spirilla diamantina.»

Celestine deglutì. Stava accadendo davvero? Era contenta di essere seduta, perché le tremavano le gambe.

«Questa è una situazione senza precedenti» continuò. «Non siamo mai rimasti senza un re o una regina... c'è sempre stato un erede, nato da un diamante, in attesa.»

Celestine annuì, notando gli occhi rossi di pianto di Lord Astrofelio.

In fin dei conti, era molto affezionato alla regina Cassiopea.

«Dichiarare impuro il tuo diamante d'origine è stato difficile per me» ammise «così tanti anni fa... anche se tu potresti non credermi. Mi sono chiesto spesso se io abbia fatto la scelta giusta nel negare a te e tua sorella il trono. Ma allora non mi sembrava corretto... un segno nero nel cristallo di un discendente reale... Be', quando l'ho visto ho avuto il presentimento che avrebbe scatenato il caos, in qualche modo.»

«Be', non è che abbiate propriamente evitato il caos, dichiarandolo impuro!» esclamò Celestine, incapace di controllarsi.

Lord Astrofelio sospirò, sprofondando nella poltrona.

«Ho cercato di preservare l'armonia della foresta» si giustificò. «E invece è accaduto l'esatto contrario, e adesso temo per il nostro futuro. Tu, Celestine, sei la nostra unica speranza per ristabilire l'ordine.»

La spirilla aprì la bocca per ribattere ma la richiuse perché non si sentiva molto bene.

«Ma io non voglio diventare regina!» riuscì a dire infine. «Io nutro altre speranze e altri sogni, e nessuno di questi mira al potere.»

«Lo capisco, e capisco che sia una grande responsabilità. Ma noi ti formeremo adeguatamente per assumere questo ruolo. È innegabile che il tuo nome sia stato macchiato da Victoria Black e molti spirilli sono preoccupati per questo, ma noi potremmo cambiare la percezione che hanno di te con delle interviste mirate e una condanna pubblica di tua sorella. Sarò al tuo fianco in ogni momento, guidandoti come consigliere.» E le offrì un sorriso stentato.

«Una condanna pubblica?» sussurrò Celestine.

Lord Astrofelio annuì. «Lei ha commesso *un omicidio*» le ricordò.

«Ma...» farfugliò Celestine. «Ma io non posso essere regina! Nessuno mi ha preparato! Victoria Black...»

«Sei tutto ciò che ci rimane» la interruppe Lord Astrofelio. «Persino un erede nato da un diamante impuro è sempre meglio che uno spirillo nato da una pietra qualsiasi. Ne darò notizia più tardi, oggi stesso. Gli spirilli hanno bisogno di certezze immediate, prima che gli eventi precipitino irrimediabilmente.»

«Che cosa accadrebbe se io non volessi diventare regina?» chiese. «Che cosa accadrebbe se rifiutassi?»

«Non hai alcuna possibilità di scelta a tal proposito» tagliò corto Lord Astrofelio. «Sei l'unica in vita nata da un diamante, la nostra ultima speranza contro la possibilità di avere un *spirillo comune* eletto al trono, quindi come tale sarai posta sotto la protezione del palazzo reale. Con effetto immediato!»

«Oh» esclamò Celestine, sentendosi troppo frastornata per ribattere. Di solito, era Victoria Black a litigare al posto suo.

«E tutte queste sciocchezze sul fatto di eleggere il prossimo re dovrebbero svanire, adesso che Victoria Black è in prigione» aggiunse lui.

«A proposito di Victoria Black...» replicò Celestine, raddrizzandosi sulla sedia. «Devo dirle una cosa importante: mia sorella non ha ucciso la regina! È stata un'altra spirilla di nome Ursulina, che peraltro possiede il *Libro dello Spirillo*. È davvero pericolosa!»

Lord Astrofelio aggrottò la fronte. «Dove hai sentito una cosa del genere?» domandò.

«Victoria Black...» cominciò Celestine, ma Lord Astrofelio alzò le mani per chiedere silenzio e sospirò.

«Temo che tua sorella sia una spirilla molto pericolosa» disse. «Conosce la magia nera, gli incantesimi proibiti... ed è ovvio che ti abbia propinato una storiella per cercare di tirarsi fuori dai guai. Ci sono delle prove evidenti che indicano che lei è la colpevole. Inoltre, possedere una copia del *Libro dello Spirillo* è un crimine in sé.»

«Ma non dovreste indagare su come se lo è procurato?» gli fece notare. «Le indagini vi condurranno da Ursulina!»

«Esamineremo la cosa» replicò Lord Astrofelio con tono sprezzante, alzandosi dalla poltrona.

Celestine abbassò lo sguardo sulle proprie mani. Era inutile, le autorità non avrebbero mai creduto alla storia di Victoria Black. E lei sarebbe dovuta diventare regina, che le piacesse o meno.

«Una volta divenuta regina» riprese a parlare dopo un instante «potrò perdonare pubblicamente mia sorella, giusto?»

«No, nella maniera più assoluta» replicò Lord Astrofelio. «Ha commesso un omicidio. Farei attenzione a supportarla così apertamente, se fossi in te. Non ti renderebbe molto popolare.»

CAPITOLO 28

Celestine trascorse il resto della giornata rinchiusa nella dimora di Ducadoro, con l'albero circondato dalle guardie, sentendosi come se fosse in una specie di prigione tutta per sé. Era salita al suo vecchio alloggio e aveva visto le valigie allineate davanti alla porta. Com'era potuto accadere che la sua vita fosse cambiata in modo così drastico nel giro di poche ore? Si avvicinò alla finestra per sbirciare. Mentre fuori frusciavano le foglie bagnate, lei sentì un formicolio correre a fior di pelle e tremò, cercando di scacciare la sensazione di essere osservata.

Appena abbassò lo sguardo sul viale sottostante scorse

una figura solitaria dai capelli verdi e selvaggi che ondeggiavano per la corsa. Tiska! Allora si precipitò giù per le scale e spalancò la porta sul retro, proprio nell'attimo in cui l'amica l'aveva raggiunta.

«Celestine!» gridò. «Sono venuta questa mattina, ma Ducadoro mi ha detto che eri uscita per andare alle prigioni... Come stai?» Quindi fece per varcare la soglia, ma una guardia le sbarrò la strada con il braccio.

«È una mia amica!» gridò Celestine indignata.

«Mi dispiace, Sua Maestà» replicò la guardia. «Ma alla luce di quanto è accaduto, abbiamo l'ordine di perquisire tutti gli spirilli che cercano di entrare. La bacchetta magica, prego!»

Celestine si sentì avvampare in viso, mentre guardava Tiska consegnare la bacchetta magica e svuotare le tasche. E poi l'avevano appena chiamata "Sua Maestà"! Non sapeva bene come sentirsi.

Alla fine, a Tiska fu concesso di entrare e Celestine la guidò velocemente su per le scale, verso il suo appartamento.

«Che piacere vederti!» esclamò appena la porta si richiuse alle loro spalle. Si gettò sull'amica abbracciandola forte e le lunghe ciglia si impigliarono nei capelli umidi di pioggia di Tiska.

«Sono stata così in pensiero per te» disse l'amica.

«All'Accademia dell'Esploratore non si fa altro che parlare di te e di Victoria Black. E della regina Cassiopea, naturalmente. Stai bene?»

«Non proprio» rispose Celestine con sincerità. «Ma non ti preoccupare. Ci sono delle cose che devo dirti!»

Così, entrambe si sedettero sul pavimento l'una di fronte all'altra, e Celestine accese la lampada fiore rosa, visto che fuori era ancora scuro e nuvoloso.

«Devo dirti che cosa ho scoperto… e tu devi credermi!» precisò.

«Certo che ti crederò!» replicò Tiska.

«Non è detto, quando sentirai ciò che ho da dire. Ma è tutto vero. Conosco mia sorella e so che è vero» aggiunse.

«Di che cosa si tratta?» sussurrò Tiska.

Celestine prese un respiro profondo e guardò l'amica con due occhioni imploranti.

«Victoria Black non ha ucciso la regina.»

«Che cosa?» si schernì l'altra all'istante. «Certo che lo ha fatto, ci sono le prove!»

«Ascoltami per un momento, per piacere!» la invitò Celestine, cominciando a raccontare tutto ciò che le aveva rivelato Victoria Black.

«So di avere solo la sua parola...» concluse. «E tu la mia. Ma io *so* che lei non sta mentendo. Ti prego. Ci conosciamo da sempre. Ho bisogno che qualcuno mi creda. Se non mi credi tu, nessuno mai lo farà!»

«Se è vero» intervenne Tiska «allora vuol dire che c'è una spirilla molto pericolosa a briglie sciolte.»

«Sì» concordò Celestine. «E Victoria Black è convinta che Ursulina voglia diventare regina!»

«Ma non capisco come Ursulina pensi di poterlo fare, anche se si sbarazzasse veramente di te» si accigliò Tiska. «Nessuno ha idea di chi sia!»

«Ci ho pensato anche io» disse Celestine.

«Se io morissi, allora non ci sarebbe nessun erede al trono, a parte Victoria Black. E Ursulina possiede il *Libro dello Spirillo*! Sicuramente saprà come usarlo per trovare il modo di riuscire nel suo intento.»

«Forse sei davvero in pericolo, Celestine...» Tiska aggrottò la fronte.

«Mi sento osservata, Tiska. Da quando Victoria Black mi ha messa in guardia su Ursulina, non sono tranquilla.»

«Se tutto questo è vero, è probabile che Ursulina ti *stia* osservando» dedusse. «Ma non vedo come possa avvicinarsi all'albero di Ducadoro, è circondato dalle guardie! Sarai al sicuro, se rimani qui. E stanotte rimango a dormire con te.»

Celestine annuì, ma non riuscì a togliersi di dosso quella strana sensazione di avere degli occhi addosso.

«Però... non puoi rimanere nascosta per sempre» le fece notare Tiska. «Dobbiamo trovare Ursulina e fermarla. Siamo le uniche in tutta Selva Spirilla a conoscere la verità!» E per un istante le brillarono gli occhi in quel modo così speciale che solo lei aveva. «È emozionante» riprese. «Non trovi?»

«È molto più emozionante per te...» concluse Celestine. Infatti, si sentì terrorizzata all'idea di andare in cerca di Ursulina, ma forse Tiska aveva ragione.

«Domani andremo a parlare con Victoria Black alle prigioni, per ottenere quante più informazioni possibile su questa Ursulina» propose Tiska.

Capitolo 29

Era notte fonda e Victoria Black camminava in cerchio nella cella. Non riusciva a smettere di tremare all'idea di rimanere intrappolata lì per il resto della vita, destinata a marcire tra quelle mura, le sue ossa diamantine che tramutavano in polvere. Si chiese quando Celestine sarebbe venuta a trovarla di nuovo. Stare da sola tutto il tempo era noioso.

All'improvviso, si udì un leggero rumore oltre la porta e Victoria Black si voltò di scatto. Era molto tardi. Sicuramente Celestine non sarebbe mai venuta a quell'ora alle prigioni. Oppure sì? Victoria Black si precipitò alla porta, afferrò le sbarre della finestrella e sbirciò fuori. C'era una figura incappucciata e se ne stava in piedi, con il viso nascosto dalla penombra.

«Celestine?» chiese Victoria Black.

«Non sono Celestine» sussurrò la spirilla e a Victoria Black si gelò il sangue al suono di quella voce.

«Ursulina!» sibilò.

«Se urli» la minacciò in un sussurro «ti uccido all'istante. Ho la mia bacchetta magica.»

«No, non lo farai» replicò Victoria Black. «A nessuno è permesso entrare con la bacchetta magica nelle prigioni!»

«Io non sono una spirilla qualsiasi» le fece notare Ursulina. «Io ho il *Libro dello Spirillo*.» Sorrise e i suoi denti luccicarono come una fila di perle al chiaro di luna. Improvvisamente, Victoria Black provò terrore puro e allungò il collo per vedere se c'era qualche guardia nei paraggi.

«Nessuno sa che sono qui» continuò Ursulina. «Un pizzico di polvere di cristallo ha sistemato a dovere le guardie. Non c'è nessuno che possa aiutarti.»

Victoria Black deglutì. Doveva stare attenta. Con uno sforzo sovrumano, mandò giù anche la rabbia. «Perché sei venuta?» chiese.

«Volevo solo vederti» replicò Ursulina. «Vedere il tuo nuovo "palazzo". È confortevole?»

Victoria Black emise una specie di ringhio.

«Avevo detto che ti avrei trovata, no?» proseguì Ursulina. «Non avresti dovuto giocare con me.»

«Io non stavo giocando!» protestò Victoria Black. «Io volevo solo diventare regina... È un mio diritto.»

«Forse» rispose Ursulina. «Ma avresti pensato solo a te stessa, non è così? Non avresti condiviso il tuo potere con me...»

«Certo che sì!» controbatté Victoria Black. «E lo vorrei ancora! Insieme eravamo grandiose. Se mi aiuti a uscire di qui, noi...»

«Menzogne!» esclamò Ursulina. «Mi stavi solo usando. Tu mi hai rubato il *Libro dello Spirillo*.»

«Sì» ammise l'altra. «E te lo avrei detto. Sinceramente, io volevo...» Prese un respiro profondo e cercò di controllare la voce. Aveva il cuore che correva all'impazzata, tanto che poteva sentire le pulsazioni sui polpastrelli. E nella testa correva un vortice di pensieri.

«Tua sorella diventerà regina» sibilò Ursulina tutta contenta. «Lord Astrofelio lo ha annunciato oggi!»

Anche se lo aveva immaginato, Victoria Black si sentì lo stesso come se l'avessero svuotata di tutta l'aria che aveva in corpo. Celestine? Regina? Ma quello sarebbe dovuto essere il suo ruolo... Sentì la familiare stilettata della rivalità tra sorelle infierire su di lei.

Celestine era sempre stata quella buona, quella che tutti adoravano, quella a cui accadevano sempre cose belle. Victoria Black, era... l'unica *Black*.

Scosse il capo, cercando di scacciare quei sentimenti, non era il momento di essere gelosa. Se Celestine stava per diventare regina, allora Ursulina le avrebbe dato la caccia.

«Senti, Ursulina...» disse in preda alla disperazione. «Lasciami marcire qui, se proprio devi, ma per favore lascia stare mia sorella!»

Gli occhi di Ursulina diventarono due fessure.

«Quindi, dopotutto, ti importa di lei...» rispose con un ghigno crudele. «Lo sapevo.»

Victoria Black, deglutì. Il sangue le si gelò nelle vene e cominciò a tremare.

«Ursulina» la pregò. «Non ti chiedo nient'altro! Cercherò anche di aiutarti, se posso. Ma per favore, ti prego, lascia Celestine fuori da questa faccenda. Lei non vuole nemmeno diventare regina! Sono sicura che rinuncerebbe… se glielo chiedessi.»

«Forse lo farebbe» replicò Ursulina. «Ma non glielo permetterebbero. Non importa se Celestine aspiri a diventare regina o meno, Lord Astrofelio ha già deciso per lei. A dispetto di ciò che vogliono gli altri spirilli.»

«Il popolo della foresta non vuole mia sorella come regina?» chiese Victoria Black con crescente indignazione.

«Alcuni forse sì» rispose l'altra. «Ma le cose stanno cambiando. Dopo gli ultimi avvenimenti, gli spirilli cominciano a non credere nella regalità dei bebè diamantini. E lei risente della tua pessima reputazione. Vogliono avere la possibilità di scegliere il prossimo re o regina.»

«Il movimento di Nubiflora…» ricordò Victoria Black.

«Già» confermò Ursulina. «Le idee propagate da Nubiflora in questo periodo mi sono propizie. Mi sta spianando la strada… anche se non lo sa. Tutto si muove a mio vantaggio. Certo, a tempo debito mi sbarazzerò anche di lei, una volta che avrà portato a termine la sua iniziativa. Non voglio che gli spirilli votino *lei* come regina, e purtroppo è sempre più popolare.»

«Sbarazzarti *anche* di lei?» ripeté Victoria Black. «No!» Si aggrappò alle sbarre della finestrella e spinse più forte che poté. «Ti prego, per favore Ursulina, lascia stare

Celestine. Deve esserci un altro modo per farti diventare regina. La prossima volta che verrà a farmi visita, dirò a Celestine di rifiutare il trono! Mi ascolterà, lo so!»

«Non fa alcuna differenza» continuò Ursulina. «Sarà costretta ad assumere quel ruolo, che le piaccia o meno. Ho sondato il pensiero di Lord Astrofelio e lui non permetterà mai che uno spirillo non diamantino diventi l'erede al trono. Tranne nel caso in cui non ce ne sia nessuno in circolazione, ovviamente...»

«Allora sbarazzati di Lord Astrofelio!» suggerì Victoria Black, disperata. «Hai il *Libro dello Spirillo*, lo potresti fare!»

«Ci penserò» Ursulina alzò le spalle, ma non sembrava convinta. Infatti, lanciò a Victoria Black uno sguardo strano. «Non sapevo che supportassi l'omicidio...» aggiunse poi. «Mi chiedo cosa direbbe Lord Astrofelio se venisse a conoscenza di quello che hai appena suggerito.»

«Non mi importa di quello che pensa» replicò Victoria Black, anche se dentro soffriva. «Non lo saprà mai.»

Ursulina rise con malignità.

«Stiamo di nuovo complottando?» chiese. «Come ai vecchi tempi? Be', ne ho sentito la mancanza.»

Nonostante tutto, Victoria Black provò un'improvvisa fitta di nostalgia per il tempo che avevano trascorso assieme nella foresta.

«In fondo sei cattiva» dichiarò Ursulina.

«*Tu* sei cattiva!» replicò Victoria Black, e l'aria si riempì di tensione. «Aiutami!» la pregò Victoria Black, improvvisamente. «Potremmo essere cattive assieme! Potresti farmi uscire di qui! E saremmo migliori...Tu lo hai sempre detto!»

«Ah!» esclamò Ursulina. «Niente da fare! Non mi servi più, la tua reputazione ormai è compromessa. E per di più sai troppe cose e mi hai rubato il *Libro dello Spirillo*.»

«Ma ne ho letto appena la metà!» mentì Victoria Black. «Era così grosso!»

«Non credo a una sola parola» commentò Ursulina e poi con noncuranza fece ondeggiare le dita per aria. «Si è fatto tardi. Ho delle incombenze da svolgere stanotte.»

«Che incombenze?» chiese Victoria Black. «Non te la prenderai con Celestine, vero? Non stanotte! Ti prego! Pensa a quello che ti ho detto!»

«Ci penserò» le concesse. «Non andrò da lei stanotte.» Si abbassò il cappuccio a coprire il viso. «Ma voglio che tu sappia che la sto tenendo d'occhio.»

Victoria Black guardò Ursulina allontanarsi, la sua ombra svanì nella notte. Mollò la presa delle sbarre della prigione e urlò.

Capitolo 30

«Ho bisogno di andare da Victoria Black» comunicò Celestine a Lord Astrofelio la mattina seguente.

«Non se ne parla» si oppose l'altro. «Che cosa penserebbero gli spirilli?»

«Non mi importa di cosa pensano» replicò lei. «Ho bisogno di vederla. È mia sorella!»

Lord Astrofelio sospirò. Nell'ultimo periodo aveva sospirato un bel po'. «Tra due giorni c'è il funerale della regina Cassiopea. Non credi che sarebbe insensibile da parte tua fare visita a chi l'ha uccisa? Gli spirilli non ti accoglieranno calorosamente come loro futura regina, se salta fuori che stai ancora dalla parte di tua sorella. E mancano solo due mesi alla cerimonia della tua incoronazione.»

Le antenne di Celestine emisero un brusio di rabbia e frustrazione.

«Come futura regina pretendo che voi mi lasciate andare!» dichiarò. «Altrimenti non sarò collaborativa.»

A Lord Astrofelio non rimase che sospirare di nuovo.

«Molto bene» cedette. «Ma dovrai essere scortata dalle guardie di palazzo.»

«Okay!» esclamò Celestine, sorpresa. «Be'... allora, andrò questa mattina!»

Quindi, girò sui tacchi e uscì dalla stanza.

Dopo un giorno e una notte rinchiusa nell'albero di Ducadoro, l'aria fresca le fece bene. Celestine volava come su un'altalena, godendosi la pioggia che le bagnava il viso e il vento che soffiava tra i capelli, anche se lei e Tiska erano scortate dalle guardie di palazzo. Mentre sorvolava Rivomago, notò come ancora era tutto stranamente silenzioso. Una nebbia fitta ricopriva il viale grande e non si vedeva nessuno spirillo in giro. Su tutti i tronchi erano stati affissi dei poster con il faccione

di Nubiflora, e Celestine si sentì irritata, in un modo nuovo. Nubiflora non era nata da un diamante, perché pensava di avere qualche diritto al trono? Forse, dopotutto, c'era una parte di Celestine, minuscola e sepolta, che voleva diventare regina.

«Celestine!» esclamò Victoria Black appena la vide. «Grazie al cielo sei ancora viva!» Si precipitò alle sbarre per guardare all'esterno, ma immediatamente si arrabbiò. «Perché hai portato Tiska?» le chiese.

«È qui per aiutarci» rispose Celestine. «Ascolta, non abbiamo molto tempo. Ti devi fidare di me. Di noi. Proveremo a rintracciare Ursulina.»

«No!» gidò Victoria Black. «Non devi provare a cercarla! Lei è pericolosissima. Celestine, lei ti vuole uccidere!»

«Lo so» continuò l'altra. «Ma io sono sotto la protezione del palazzo reale. Dovrebbe essere davvero scaltra per superare le guardie.»

«Lei *è* davvero scaltra» sottolineò Victoria Black. «E ha il *Libro dello Spirillo*. Non andare a cercarla!»

«Be', io non posso, in ogni caso» precisò Celestine. «Non mi è permesso fare niente, al momento. È Tiska che si occuperà di organizzare le ricerche, ma abbiamo bisogno di altre informazioni.»

«Ti prego, non farlo!» insistette Victoria Black, disperata. «Ursulina scoprirà ciò che hai intenzione di fare, ti sta spiando. Me lo ha detto lei stessa, è venuta qui da me durante la notte.»

«*Che cosa?*» sibilò Celestine.

«Già» confermò Victoria Black. «E la tua incoronazione non le va a genio... Vuole che tutti i nati dai diamanti muoiano. Oppure che finiscano in prigione... devi stare davvero molto attenta. Saresti al sicuro solo se fuggissi e scomparissi da qualche parte!»

«Non ci penso proprio!» si impuntò Celestine. «Non ti lascio qui in prigione da sola! E per la faccenda di diventare regina... volevo dirti...»

«È tutto a posto» la rassicurò Victoria Black. «Al momento non è una priorità. E poi... almeno una di noi due salirà sul trono!» Scoppiò a ridere, ma con poca convinzione.

«C'è qualcos'altro che ci puoi dire su Ursulina?» intervenne Tiska. «Che aspetto aveva la notte scorsa? Si è travestita?»

«Non lo so» rispose Victoria Black. «Era buio e lei aveva il cappuccio tirato giù e la sua bacchetta di smeraldo. Ricordate, Ursulina conosce la magia nera. Dovete stare molto, molto attente.»

Celestine rabbrividì e allungò una mano per toccare quella della sorella attraverso le sbarre.

«Vorrei che tu non fossi rinchiusa qui dentro» disse.

«Anche io» ribatté Victoria Black. «Ma ascolta, non fare niente di pericoloso. Sopra ogni cosa, preferisco che tu sia al sicuro.» Strinse la mano della gemella e, a dispetto di tutto ciò che stava accadendo, a quel tocco le antenne di Celestine sibilarono, luminose come due brillanti dorati.

Capitolo 31

Poche ore dopo, Celestine era nuovamente nella sua camera da letto, in cima all'albero di Ducadoro, assieme a Tiska. Stavano discutendo su quanto aveva riferito loro Victoria Black riguardo a Ursulina.

«Non siamo riuscite a scoprire qualcosa di nuovo che possa aiutarci...» constatò Tiska, avvilita. «Tranne che la sua bacchetta magica deriva da uno smeraldo. Ma tanti spirilli ne hanno una uguale!»

«Forse puoi andare alla Grotta dei Cristalli o alle Cripte e chiedere una lista degli spirilli nati da uno smeraldo?» suggerì Celestine. Ma anche se lo aveva proposto, sapeva che sarebbe stato improbabile ottenere delle informazioni tanto riservate. «Conosciamo solo il suo aspetto...» continuò Celestine. «E io l'ho vista una volta soltanto e da lontano. Aveva i capelli bianchi da un lato e neri dall'altro.» Allungò una mano per accarezzare Stardust, che era acciambellato sul letto e aveva un'aria sconsolata.

«Non è molto» notò Tiska. «Tutto il piano di trovare Ursulina sembra inattuabile, in questo momento! Non sappiamo nemmeno chi stiamo cercando!»

Celestine abbassò lo sguardo a terra, demoralizzata. All'inizio le era piaciuta la proposta di Tiska, l'aveva fatta sentire più fiduciosa. Ma adesso si rendeva conto che trovare qualcuno che voleva rimanere nascosto era un'impresa impossibile.

A meno che...

«Tiska» si rianimò improvvisamente Celestine. «Ho un'idea! Se la cerchiamo non riusciremo mai a trovare Ursulina. Dobbiamo far sì che venga da noi! *Io* farò da esca!»

«Chc cosa intendi?» chiese Tiska.

«Devo andare da qualche parte senza nessuno al seguito» spiegò Celestine. «In un posto lontano dalle guardie. Se Ursulina mi sta spiando come ci ha detto Victoria

Black e se davvero vuole uccidermi, allora sicuramente mi seguirà. Per lei sarà un'occasione d'oro.»

Per un momento Tiska apparve terrorizzata. Poi, però, cominciò ad annuire lentamente con il capo.

«Sarebbe davvero pericoloso» commentò. «Ma potrebbe essere l'unico modo. Io potrei rimanere nascosta nelle tenebre e aspettare che Ursulina venga allo scoperto. Potrei catturarla prima che lei prenda te! Chiederò a Ruby di aiutarmi, l'unione fa la forza! Forse potrei contattare anche Dorina.»

«Pensi che ci aiuteranno?» chiese Celestine. «Potrebbero non credere a una parola di questa storia assurda...»

«Forse no» ammise Tiska. «Ma almeno Ruby sarà disposta ad aiutarmi, se glielo chiedo. Lo farebbe per me. E Dorina... lei è un'esploratrice. Se non altro, lo farebbe per spirito di avventura!»

«Va bene» annuì Celestine. «Come pensi di tendere l'imboscata a Ursulina? Ricorda, lei ha il *Libro dello Spirillo*. Conosce il sortilegio della morte!»

«È vero» concordò Tiska. «Ma anche il più potente spirillo non può fare nulla senza la bacchetta magica. Quando la avvisteremo, ci avvicineremo di soppiatto e gliela ruberemo! Ruby è veloce come un surfista, quando viaggia sulla foglia. Ursulina non sarà mai capace di riacciuffarla!»

Celestine sentiva il battito accelerare, mentre rifletteva sulla concretezza del loro piano.

«Può funzionare!» concluse. «Potrei recarmi al palazzo di Victoria Black. È abbastanza lontano dal viale e le guardie faranno fatica a vedermi da qui, specialmente se c'è buio. Entro e mi dirigo alla torretta più alta, per indurre Ursulina a uscire allo scoperto. A quel punto, potrai avventarti su di lei e portarle via la bacchetta magica!»

«È perfetto» approvò Tiska, con un visibile tremito per la paura. «Se tutto va bene, Ursulina non ti perderà d'occhio e ti vedrà andare al palazzo di Victoria Black. Ma aspetta! Come farai a superare la sorveglianza delle guardie? Sono posizionate tutto intorno all'albero...»

«Già, è questo il vero problema» concordò Celestine, accigliandosi. «Come faccio ad aggirarle?»

«Non credo che Victoria Black ti abbia mai insegnato qualche incantesimo dal *Libro dello Spirillo*, vero?» chiese Tiska, pensierosa. «L'incantesimo dell'invisibilità sarebbe utile.»

«No...» rispose Celestine. «E in ogni caso, serve che Ursulina mi veda uscire dalla bottega di Ducadoro.»

«Che ne dici di sgattaiolare fuori dalla finestra e basta?» chiese Tiska. «Potrei fare un po' di confusione lì fuori, distrarre le guardie, così tu voli fuori dalla finestra al di sopra dei rami, senza che se ne accorgano. Tutto sommato, loro non si aspettano che tu fugga da qui nel bel mezzo della notte! Perché dovresti?»

«*Mmm...*» sussurrò Celestine. Le due rimasero a fissarsi nella luce rosata e le loro antenne scoppiettarono, cariche di attesa.

«Spero che Ursulina non pensi che ci sia qualcosa di strano...» riprese Tiska. «Potrebbe insospettirsi e pensare che le stai tendendo una trappola.»

«Forse» ammise Celestine. «Ma trappola o no, sicuramente non resisterà alla tentazione di seguirmi, se mi vedrà senza scorta.»

Si scambiarono un sorrisone e, anche se era terrorizzata, Celestine sentì di avere il controllo della situazione come non le capitava da diversi giorni.

«Sei sicura?» chiese Tiska. «È un piano pericoloso.»

«Lo voglio fare» rispose Celestine, e gli occhi lasciarono trasparire uno sguardo di gelida determinazione.

«Nessuno può incastrare mia sorella e pensare di farla franca.»

Quella sera a cena, Celestine fece fatica a rimanere concentrata. Lei, Ducadoro e Lord Astrofelio sedevano all'estremità di un lungo tavolo di quercia, nella sala da pranzo. Lord Astrofelio stava parlando dell'organizzazione del trasferimento di Celestine al palazzo reale e di una strategia per far sì che Selva Spirilla la accogliesse con calore.

«Rilasceremo una serie di interviste alla stampa» disse affondando la forchetta d'argento nella fetta di torta di uva spina stellata. «Dopo il funerale, naturalmente. Faremo un tour che tocchi tutti i borghi per dare agli spirilli la possibilità di incontrarti. Mostreremo loro quanto sei diversa da Victoria Black. E, naturalmente, la denuncerai pubblicamente con una dichiarazione ufficiale.»

«Va bene» replicò Celestine. In realtà, non stava ascoltando. La sua testa era un frullatore in cui vorticava tutto ciò che aveva pianificato per quella notte. Si chiese se quella sarebbe stata l'ultima volta che avrebbe

visto Ducadoro, e sentì brividi di paura correrle lungo la schiena.

«Una volta salita al trono, sono sicuro che anche le sciocchezze di Nubiflora si smonteranno» proseguì Lord Astrofelio. «Quando tutti avranno visto che regina buona e gentile tu sia. C'è qualcosa di speciale negli spirilli nati dai diamanti, nessuno lo può negare.»

Celestine continuò ad annuire, mandando giù a forza la torta di uva spina stellata.

Finalmente, la cena si concluse e Lord Astrofelio se ne andò. Ducadoro si ritirò nel suo salottino e Celestine salì di corsa le scale, diretta al suo alloggio. Aprì la finestra e il fruscio delle foglie fu l'unico suono che invase la stanza. Adesso doveva solo attendere.

Capitolo 32

Dieci minuti esatti dopo la mezzanotte, Celestine notò tre puntini colorati e luminosi apparire nel vuoto dell'oscurità… uno rosso, uno verde e uno arancione. Si avvicinavano sempre di più, sfrecciando a zig zag lungo il grande viale. Evidentemente, Tiska era riuscita a coinvolgere anche Ruby e Dorina. Celestine sentì che il cuore le batteva fortissimo, mentre le tre amiche si avvicinavano all'albero di Ducadoro. In piedi sulla foglia, Ruby verticò in giro, sfrecciando come un razzo ed eseguendo dei giri della morte. Celestine seguì con ammirazione quegli avvitamenti per aria e poi trattenne il fiato,

anche se sapeva come sarebbe andata a finire. Infatti, l'altra scese in picchiata, guidando la foglia fino al suolo, scivolò giù e con un balzo atterrò alla base dell'albero. Celestine sapeva dal modo in cui aveva toccato terra che l'amica non si era fatta male veramente, anche se per chiunque altro avrebbe potuto essere una brutta caduta. Infatti, due delle guardie accorsero verso Ruby e le altre, disposte intorno all'albero e sui rami, guardavano cosa fosse accaduto. Allora Celestine ne approfittò per scavalcare il davanzale, tenendo premuto il suo fiore al petto.

La finestra era in cima all'albero e proprio davanti a un ramo, su cui Celestine si appollaiò per qualche istante mentre aspettava che il cuore smettesse di battere all'impazzata. Ed ecco arrivare il momento propizio. Subito, si diede lo slancio e decollò, sperando che nessuno avvistasse le scintille direzionali che emetteva il suo ranuncolo mentre cercava di evitare i rami nell'oscurità. Prese quota, librandosi sopra la chioma dell'albero di Ducadoro e su nel cielo aperto, punteggiato di stelle colorate. Se avesse raggiunto un'altitudine adeguata, sarebbe diventato più difficile distinguerla da qualunque altro spirillo.

Quindi volteggiò alta nel cielo per alcuni minuti, aguzzando la vista per capire cosa stesse succedendo di sotto. Riuscì a scorgere i suoi amici che si allontanavano a piedi, fingendo di incamminarsi da tutt'altra parte rispetto al palazzo di Victoria Black. Ruby stava zoppicando di proposito.

Celestine girò il fiore e sorvolò ancora il grande viale, sempre in alta quota. Doveva atterrare in un punto diverso rispetto al palazzo di Victoria Black, per poi raggiungerlo dalla direzione opposta, in questo modo avrebbe eliminato la possibilità di essere avvistata dalle guardie di stanza alla bottega di Ducadoro. Perciò lasciò passare ancora un po' di minuti e poi puntò il fiore verso il basso, volando più veloce del solito per l'agitazione e atterrando in scivolata in cima al viale, non troppo lontano dal palazzo della sorella. Guardarlo dava un senso di desolazione, così immerso nell'oscurità e senza neanche una luce accesa. Celestine tremò, sentendosi all'improvviso molto vulnerabile, lì in piedi in mezzo al viale, con il vuoto attorno. Infatti, non sembrava esserci nessuno spirillo nei paraggi. Allora cominciò a camminare svelta verso la meta, sperando che Ursulina fosse nelle vicinanze. Se la stava spiando, come riteneva Victoria Black, allora sicuramente l'aveva vista lasciare l'albero di Ducadoro.

Aprendo il piccolo e contorto cancello antistante il palazzo di Victoria Black, Celestine avvertì i brividi sul collo. Era *sicura* di essere osservata. E non si trattava solo delle sue amiche, che lei sperava fossero già appostate nei dintorni, protette dalle tenebre. Nel tempo che impiegò ad arrivare alla porta d'ingresso, si sentì svenire per la paura, tanto che le tremò la mano girando la chiave nella serratura.

Il portone si aprì con un cigolio sinistro e Celestine ci si infilò dentro come un topolino, lasciandolo socchiuso. Era strano essere lì senza Victoria Black: l'ambiente era tetro. In ogni caso, non volle accendere la luce per paura di sollevare sospetti, quindi si limitò a usare la bacchetta magica come torcia. Una luce diamantata si riversò sul pavimento di piastrelle bianche e nere e le gocce di cristallo sul lampadario di quarzo rosa baluginarono di mille riflessi. Tutto l'edificio era stato perquisito da cima a fondo dalle autorità. I mantelli di Victoria Black erano stati tolti dall'appendiabito e gettati per terra. Il tavolo dell'ingresso era ribaltato, i cassetti erano stati aperti e svuotati. Celestine osservò sconsolata quel caos. Era contenta che la sorella non lo vedesse.

A quel punto, balzò sul fiore e volò sulla scalinata curva il più veloce che poté. Doveva raggiungere la torretta e nascondersi prima dell'arrivo di Ursulina. Si precipitò alla porta e la sbatté chiudendola a chiave alle sue spalle, rimanendovi appoggiata per riprendere fiato. La paura era una morsa nel petto, tanto che le faceva male. Si guardò attorno, notando che anche le finestre erano serrate. Allora si sentì relativamente al sicuro, ma forse sarebbe stata ancora più al sicuro se si fosse nascosta da qualche parte. Ma dove poteva nascondersi? Era una stanzetta senza tanti mobili, però c'era una cassapanca che sembrava grande abbastanza. Celestine vi si precipitò e lentamente aprì il coperchio, illuminando l'interno con la bacchetta magica. A quel punto, balzò all'indietro cacciando un urlo.

Un volto la stava fissando. Un viso trionfante, immerso nel bianco luminoso della luce diamantata.

«Ti ho presa» sibilò il viso prima di scoppiare in una risata folle.

Capitolo 33

Celestine arretrò fino alla porta e la spirilla saltò fuori dalla cassapanca e le afferrò il polso. Celestine gridò di nuovo, ma l'altra le tappò la bocca con la mano.

«Sta' zitta» le ordinò. «O ti uccido all'istante.»

Celestine smise di urlare e fissò con orrore la figura che aveva davanti. Le girava la testa mentre cercava di capire che cosa fosse appena successo.

«Tu sei…» sussurrò, dopo qualche instante. «Tu sei…»

«Chiunque tu voglia che io sia» bisbigliò la spirilla sorridendo con le labbra rosso ciliegia, puntando con le dita i due chignon rosa che aveva ai lati della testa.

«Ma... Nubiflora!» balbettò Celestine. «Io pensavo...» Tutt'a un tratto, si sentì paralizzata dalla paura. Nubiflora era un travestimento adottato da Ursulina? Radunava seguaci per potersi sedere sul trono, nel momento in cui sarebbe stato accessibile anche a uno spirillo non diamantino? Però Nubiflora le era sembrata carina... addirittura simpatica. Pareva assurdo che potesse essere la stessa spirilla misteriosa dai capelli bianchi da un lato e neri dall'altro che lei aveva visto assieme a Victoria Black nella foresta, molto tempo prima. Ursulina aveva architettato un piano che nessuno di loro aveva intuito.

«Pensavi di essere più furba di me, vero?» chiese Nubiflora. «Ma sono sempre un passo avanti a te... io sono Ursulina. E sono Nubiflora! E ho un'arma segreta.»

«Il *Libro dello Spirillo*...» borbottò Celestine.

«Già» sibilò Nubiflora. «E conosco ogni dettaglio dei tuoi piani. Ero più vicina di quanto potessi immaginare...»

«In che modo?» balbettò Celestine.

«L'incantesimo dell'invisibilità!» svelò Nubiflora. «Le guardie non immaginavano minimamente che io fossi lì, seduta sul ramo davanti alla tua finestra, ad ascoltare te e la tua amica mettere a punto i vostri miserabili piani. Pensavate di essere così furbe, tendendomi una trappola qui... be'...»

Celestine deglutì. Stava cercando di mantenere la calma, ma in realtà era in preda al panico. Le sue amiche non sarebbero mai arrivate in tempo per salvarla, e Nubiflora lo sapeva. Dovevano essere ancora fuori dal palazzo, appostate da qualche parte in attesa dell'arrivo di Ursulina. Con molta probabilità, non sospettavano minimamente che la malvagia spirilla fosse già dentro. Che idea stupida avevano avuto. Celestine cercò di liberare i polsi dalla stretta di Nubiflora, ma inutilmente.

«Non ci provare nemmeno» la avvisò. «O ti uccido immediatamente.»

«Tanto mi ucciderai comunque» ribatté Celestine «quindi non vedo che differenza possa fare.» Lottò di nuovo, sempre con la bacchetta magica ben stretta in pugno. La flebile lucina proiettava ombre scure sulle pareti della torretta mentre lei cercava di divincolarsi.

«Dico davvero» la minacciò Nubiflora, con uno sguardo così gelido e feroce che a Celestine mancò l'energia.

«Ursulina...» riprese.

«Sono Nubiflora adesso» replicò l'altra. «Mi si addice di più, non trovi? Di sicuro, gli spirilli mi apprezzano più così.»

«Nubiflora» le concesse Celestine. «Ascolta...» Cercò di trovare un appiglio, qualcosa che potesse migliorare quella situazione. «So che vuoi diventare regina...» riprese. «Ma non pensi che la mia uccisione possa destare troppi sospetti? Prima l'omicidio della regina Cassiopea, poi l'arresto di mia sorella, e dopo ancora la mia morte? Tutto nel giro di pochi giorni? Qualcuno scoprirà che dietro a tutto questo ci sei tu!»

«Non accadrà» ribatté Nubiflora con un battito delle palpebre che fece scintillare il glitter sulle sue ciglia al bagliore della bacchetta magica. «Tutti sono convinti che tua sorella abbia ucciso la regina e continueranno a pensarlo. Ha senso che lei sia in prigione per questo. E tu... be'... tu stai per scomparire. Farò in modo che sembri una fuga, perché ti sentivi schiacciata dal peso della responsabilità di essere la futura regina e con il cuore a pezzi per il delitto commesso da tua sorella.»

«Ma i miei amici... loro sanno tutto di te!» le fece notare.

«Loro sanno di *Ursulina*» precisò Nubiflora. «Non sanno che siamo la stessa spirilla, e non lo sapranno mai.»

Celestine cominciò a piangere, impaurita. Non avrebbe più rivisto sua sorella o i suoi amici. Victoria Black sarebbe rimasta rinchiusa in prigione per sempre e Nubiflora, in realtà Ursulina, sarebbe diventata la regina di Selva Spirilla. Tutto ciò era veramente terribile. Ma lo era in una maniera tale che il solo pensiero sembrò placare la paura e innescare in lei una scintilla di rabbia e determinazione. Che cosa avrebbe fatto Victoria Black, al suo posto? Lei non si sarebbe mai arresa di fronte a una lotta. All'improvviso Celestine cominciò a ragionare. Aveva ancora la bacchetta magica ben stretta in mano. La lasciò cadere, si udì un suono metallico e la lucina diamantata si spense. Immediatamente, entrambe si ritrovarono immerse nell'oscurità.

«Che cosa fai?» sibilò Nubiflora stringendo la presa sui polsi di Celestine.

«Mi dispiace» rispose l'altra. «Mi si sono intorpidite le mani.»

Quindi, Nubiflora la fece spostare nella stanza buia fino a spingerla contro le pareti arrotondate, tenendola lì ferma, mentre frugava nel mantello in cerca della sua bacchetta magica. Poi la estrasse e la accese, e la piccola luna di smeraldo diffuse un bagliore verdeggiante sulle pareti.

«Adesso mi stai facendo perdere tempo» dichiarò, sollevando la bacchetta per aria.

«Aspetta! Lascia che ti chieda una cosa» la interruppe Celestine.

«Che cosa?»

«Hai mai provato una vera simpatia per mia sorella?» continuò Celestine, sparando la prima domanda che le venne in mente. Infatti, non le importava niente della risposta, aveva solo bisogno di più tempo.

«Se ho provato *simpatia* per lei?» ripeté Nubiflora. «Per un po' siamo state bene insieme... Lei non è come gli altri spirilli. Lei ha un lato oscuro, proprio come me.»

«Lei non è affatto come te» ribatté Celestine.

«Be', non è altrettanto intelligente, stanne certa» puntualizzò Nubiflora. «Avrebbe dovuto immaginare che l'avrei spuntata sempre e comunque.»

«La lascerai in prigione a vita, quando diventerai regina?» chiese Celestine.

«È ciò che si merita» rispose l'altra.

«Però, ti prenderai cura di lei? Non è vero? Ti assicurerai che sia trattata bene?» continuò Celestine.

Nubiflora cominciò a irritarsi.

«Basta con le domande!» sbottò secca e di nuovo alzò la bacchetta magica per aria.

«Aspetta» la implorò Celestine. «Per piacere! Un'ultima domanda!»

«Solo *una*» concesse Nubiflora.

«In che modo hai ucciso la regina?» chiese Celestine. «Non riesco a capire. Sembra talmente... impossibile.»

Notò che sul volto di Nubiflora comparve un'espressione compiaciuta. Sicuramente aveva voglia di vantarsi sul suo piano, perché probabilmente non l'avrebbe mai più raccontato a nessun altro.

«Be'...» cominciò Nubiflora, e proseguì parlando di incantesimi dell'invisibilità e di sortilegi della morte e di polvere di diamante. Era proprio come Victoria Black aveva immaginato: Ursulina si era resa invisibile, aveva ucciso la regina con un sortilegio della morte e poi aveva sparso la polvere di diamante di Victoria Black sul pavimento della camera da letto della regina, facendo attenzione a non lasciare tracce della propria presenza. Celestine cercò di mostrarsi sorpresa, continuando ad annuire e allo stesso tempo a lanciare occhiate alla finestra, quella che Nubiflora non poteva vedere, perché le dava le spalle. Così riuscì a scorgere un movimento che le procurò un tuffo al cuore. All'improvviso comparve il viso di Tiska, i suoi occhi perlustrarono la stanza attraverso i vetri e si spalancarono. Doveva aver notato la lucina verde!

«È stato semplice...» stava proseguendo Nubiflora «per una che ha accesso al *Libro dello Spirillo...*»

Intanto, Celestine vide Tiska andare nel panico: le finestre erano chiuse a chiave.

«E questo è quanto» concluse Nubiflora. «Sono stata brava, no? E adesso il tuo tempo è scaduto, regina Celestine.» Sollevò la bacchetta per aria per la terza volta, e Celestine chiuse gli occhi con forza. Non c'era nient'altro da fare, Tiska non sarebbe mai riuscita a entrare tempestivamente nella torretta. Stava per morire.

Tap, tap, tap.

Celestine spalancò gli occhi e vide Nubiflora voltarsi per capire da dove provenisse quel rumore. Puntò la bacchetta verso la finestra e lanciò un incantesimo, ma Tiska fece in tempo a schivarlo, il vetro invece si frantumò in mille pezzi, sparpagliandosi ovunque. A quel punto, Celestine colse l'attimo: saltò sulla schiena di Nubiflora e le strappò la bacchetta di mano da dietro, così velocemente che la spirilla non ebbe il tempo di ritrarla. Poi, prima che potesse reagire, Celestine gettò la bacchetta fuori dalla finestra rotta.

Capitolo 34

«La mia bacchetta!» gridò Nubiflora, colta di sorpresa. Cercò subito di liberarsi dalla presa di Celestine. «Togliti di dosso!» ringhiò.

«No» ruggì Celestine, con una voce che stentò a riconoscere lei stessa. «Come hai osato incastrare mia sorella! Come hai osato provare a salire sul *mio* trono!» Le due caddero a terra e si ritrovarono una sopra l'altra, con Nubiflora supina sotto la spirilla reale.

Celestine premette all'altezza del petto di Nubiflora con tutta la sua forza per tenerla incollata al pavimento, ma anche l'altra era forte: agitò il braccio e colpì l'altra sulla testa e poi, con grande sforzo, provò a disarcionarla.

«Lasciala stare!» strillò Tiska atterrando nella stanza assieme a Dorina. Entrambe si avventarono su Nubiflora, ma quella era già balzata in piedi per correre verso la cassapanca. Saltò sul suo fiore e in un baleno scomparì fuori dalla finestra rotta, lasciando una scia di scintille rosa alle sue spalle.

«Vuole recuperare la sua bacchetta!» gridò Celestine, rimettendosi velocemente in piedi e accorrendo alla finestra.

«Ruby la prenderà per prima» disse Tiska, e tutte e tre si affacciarono per guardare. In lontananza, Ruby scese in picchiata a terra fino a raggiungere e afferrare la bacchetta. Anche Nubiflora viaggiava a tutta velocità, puntando in verticale verso terra e verso Ruby.

«Ridammela!» strillò. «Ridammela!»

«No» urlò Ruby sfrecciando via, lontano da lei, ed eseguendo diversi avvitamenti. «La consegnerò alle autorità» gridò. «Il gioco è finito, Ursulina!»

A quel punto, le luci cominciarono ad accendersi nelle case albero tutto intorno, lungo il viale. Gli spirilli scostarono le tende e si affacciarono a guardare, inorriditi.

«Che cosa succede?» urlò un vecchietto con un pigiama a strisce. «Era Nubiflora quella che ho visto?»

Celestine era sicura che non ci sarebbe voluto molto tempo, prima che le guardie di stanza alla bottega di Ducadoro si allertassero per il baccano. Nubiflora stava gridando contro Ruby, dandole la caccia lungo il viale: non poteva andarsene senza la sua bacchetta. Una bacchetta per uno spirillo è l'equivalente della sua identità, è fatta dal cristallo di nascita. Nubiflora si fermò, sospesa per aria per un istante e, mentre prendeva fiato, osservò tutto intorno gli spirilli con gli occhi sgranati per il terrore.

«Non mi piace per niente...» commentò Dorina, che era ancora alla finestra della torretta con Celestine. «Perché si è fermata?»

«Perché sta *ridendo*?» rabbrividì Tiska.

All'improvviso, Nubiflora partì a razzo, tanto veloce da diventare una macchia sfocata. Ruby non ebbe il tempo di schivarla, mentre l'altra le si schiantò addosso, spingendola fuori dalla foglia, e facendole scivolare la bacchetta dalle mani. Nubiflora piombò come un falco per afferrarla e poi sfrecciò via scomparendo oltre le foglie.

Gli spirilli, che guardavano dalle finestre, gridarono inorriditi e Tiska spiccò il volo per andare a salvare Ruby, in caduta libera. Ma non riuscì ad arrivare in tempo e Ruby si schiantò al suolo con un tonfo dolorosissimo, seguita dalla sua foglia.

«Oh, santa spirilla!» gridò Celestine, saltando sul suo fiore e volando verso il punto dove Ruby giaceva per terra. Anche altri spirilli uscirono dalle loro case e si radunarono spontaneamente, indicavano il tetto di foglie attraverso cui era sparita Nubiflora e osservavano preoccupati Ruby. Delle guardie di stanza alla bottega di Ducadoro arrivarono in volo, preoccupati.

Ruby si sollevò appoggiandosi su un gomito e poi crollò di nuovo a terra. Sembrava confusa e la gamba era piegata in un modo strano, ma era viva.

«Chiamate il pronto soccorso magico!» gridò qualcuno. «È ferita!»

«Ho perso la bacchetta!» disse Ruby a Celestine, scioccata. «Ce l'avevamo quasi in pugno!»

«Lo so» replicò Celestine. «Ma almeno siamo ancora vive!»

«E tutti questi spirilli hanno visto che cosa è accaduto» intervenne Tiska. «Nubiflora non sarà più così popolare, adesso.»

Ruby si distese di nuovo e contrasse il viso per il dolore.

Arrivarono i soccorsi magici e Celestine arretrò, strisciando i piedi e cercando Dorina con lo sguardo.

«Dov'è Dorina?» sussurrò preoccupata.

«Non lo so» rispose Tiska. «Dovrebbe essere qui attorno. Era nella stanza della torretta con noi pochi minuti fa!» Allora, entrambe alzarono lo sguardo verso la finestra rotta della torretta del palazzo di Victoria Black, ma appariva solo come una voragine nera e spalancata nell'oscurità.

Proprio in quel momento, Celestine scorse la sagoma di uno spirillo alto che camminava verso di loro.

Indossava una tunica verde smeraldo di velluto e un berretto a punta da notte decorato con stelline e piccole lune argentate.

«Lord Astrofelio!» esclamò lei, lanciandosi di corsa verso di lui, immediatamente marcata stretta dalle guardie di palazzo. «Ho così tante cose da raccontarle!»

Capitolo 35

«Concordo, il comportamento di Nubiflora è molto sospetto...» commentò Lord Astrofelio un'ora più tardi, dopo che Celestine gli ebbe raccontato i fatti. «E ci sono testimoni che dicono di averla vista spingere Ruby fuori dalla foglia...» Fece una pausa. «Ma non abbiamo prove che abbia ucciso la regina Cassiopea o che sia realmente Ursulina sotto mentite spoglie.»

Celestine rimase a fissarlo, avvilita.

«Avete intenzione di indagare, almeno?»

«Faremo delle verifiche» replicò Lord Astrofelio. Quindi si sedette sulla poltrona di velluto verde del salotto di Ducadoro e si accese la pipa. Un filo di fumo si levò per aria. Fuori era ancora buio. Ruby era stata portata via per le cure necessarie assieme a Tiska, che l'accompagnava, e le guardie, inflessibili, avevano scortato Celestine alla bottega di Ducadoro, mentre Lord Astrofelio la rimproverava per avere lasciato l'albero senza protezione.

«Ma dovete pur fare *qualcosa*!» insistette Celestine. «Mia sorella è in prigione per un crimine che non ha commesso!»

«Tua sorella *merita* di essere in prigione» sottolineò Lord Astrofelio. «Abbiamo le prove che ha ucciso la regina e inoltre ha commesso altri crimini. Queste sono le mie ultime parole sull'argomento.»

«Io penso che vogliate tenerla in prigione, colpevole o no!» sbottò Celestine. «Giusto per semplificarvi la vita! Bene, vi garantisco che neanche io vi semplificherò la vita!» Poi si alzò dalla sedia e uscì dalla stanza come una furia, con le antenne brillanti.

«Sei proprio come tua sorella...» sentì borbottare Lord Astrofelio, mentre si sbatteva la porta alle spalle.

«Bene!» gridò di rimando, dando un calcio alla porta.

Celestine corse su per le scale fino al suo alloggio, guardando la stanza come un animale selvatico. Doveva scappare! Sicuramente, le guardie non si sarebbero aspettate una seconda fuga nella stessa notte. Doveva essere prudente...

Celestine sgattaiolò fuori in silenzio. Mentre le guardie tenevano d'occhio le strade, lei volava già alta nel cielo sopra al viale, cercando di respirare l'aria fredda della notte. Non aveva idea di quale sarebbe stata la sua mossa successiva, ma sapeva che non poteva rimanere a Rivomago. Forse le conveniva volteggiare in cerchio per sempre, da sola e libera tra le stelle scintillanti, nei colori dell'arcobaleno. Mentre si librava nel cielo, notò una certa effervescenza di scintille in lontananza. Uno spirillo! Chi poteva stare fuori a quell'ora della notte? Mano a mano che le luci si avvicinavano e cominciavano la discesa sul viale, Celestine notò un lampo argentato e immediatamente riconobbe lo spirillo.

«Dorina!» sibilò scattando tanto velocemente verso l'amica da andarle quasi contro.

«Ehi!» esclamò l'altra. «Stai attenta!» Si arrestò a cavallo del fiore, con le guance rossissime e a corto di fiato.

«Dove sei stata?» le chiese Celestine.

«Ho seguito Nubi... voglio dire Ursulina!» rispose Dorina. «Quando tutti siete accorsi da Ruby. Lei è partita a razzo tra le foglie, ma io l'ho seguita sul mio fiore. Era velocissima! Dovevo stare attenta a non farmi scoprire, ma ce l'ho fatta! So dove si nasconde!

Dobbiamo dirlo alle autorità! Possiamo andarci anche adesso e acciuffarla!» Allora fece per volare via, giù lungo il viale, ma Celestine le afferrò il braccio.

«Aspetta!» le disse. «Non serve a nulla dirlo alle autorità! Non ti daranno ascolto. Andiamo a prendere Ursulina per conto nostro!»

«Ma conosce la magia nera!» le fece notare Dorina. «E noi non abbiamo un piano… È troppo pericoloso!»

«Anche Victoria Black conosce la magia nera» aggiunse Celestine, e intanto un pensiero brillante e terrificante al tempo stesso le baluginò nella mente. «Facciamola evadere di prigione! Lei può aiutarci a catturare Ursulina.»

Dorina stentò a credere alle sue orecchie.

«Come pensi di pianificare la fuga di Victoria Black dalla prigione? No, dobbiamo parlare con le autorità!» Si allontanò da Celestine e cominciò ad avviarsi giù per il viale.

«Aspetta!» urlò di nuovo l'altra. «Dorina! Dimmi dove si nasconde Ursulina! Tu vai pure a raccontare tutto alle autorità, io non verrò con te, andrò a prendere mia sorella.»

Dorina non si girò indietro, ma cominciò a gridare: «C'è una botola sotto un cespuglio di fiori ai piedi di una grande quercia. È proprio vicino al ruscello, a circa una ventina di minuti a sud di Rivomago nel distretto di Cimabrace.»

«Come riconoscerò la quercia?» strillò Celestine. «Ci sono centinaia di alberi di quercia!»

«Sembra una bottega abbandonata!» le rispose, urlando. «Si chiama Renetta. Stai attenta!» e poi accelerò, sfrecciando verso la stazione di polizia di Rivomago.

Celestine la vide andare via, chiedendosi per un momento se stesse facendo la scelta giusta. Ma poi si ricordò della ostinata reazione di Lord Astrofelio alla storia di Ursulina e di nuovo ebbe un moto di rabbia. Lei e Victoria Black sarebbero andate assieme a stanare Ursulina!

Capitolo 36

Victoria Black fu svegliata dalla voce di Celestine. Si mise a sedere con gli occhi cisposi, sbattendo le palpebre.

«Che cosa ci fai qui?» chiese. «È notte fonda!»

«Dovevo vederti!» sussurrò la sorella. «Avvicinati! Voglio parlarti!»

Victoria Black si alzò dalla branda e andò alla finestrella con le sbarre.

«Di sicuro non ti hanno fatto entrare le guardie, a quest'ora...» commentò.

«Dovevano, gliel'ho ordinato! Da *regina*» replicò Celestine.

«Oh!» Victoria Black si stropicciò gli occhi. «Non sarai sola, vero? Celestine, Ursulina è lì fuori! Ti starà cercando!»

«Non ti preoccupare per questo» rispose Celestine, rivolgendo lo sguardo alla guardia che era in piedi a pochi

passi di distanza. «Ti spiego dopo, adesso ascolta, non abbiamo tanto tempo.» E abbassò la voce per sussurrare più piano che poté. «Ti ricordi qualcuno degli incantesimi del *Libro dello Spirillo*?»

«Certo» bisbigliò Victoria Black. «Perché?»

«Ho avuto un'idea» rispose Celestine. «Se mi dici la formula magica dell'incantesimo del sonno, lo posso scagliare contro la guardia, quando mi restituirà la bacchetta magica alla fine della visita. Così potrò prendere le sue chiavi e farti uscire di qui.»

Victoria Black fissò la sorella, scioccata.

«Non puoi farlo!» protestò. «Se ti beccano finirai rinchiusa qui con me!»

«Non mi importa» replicò Celestine. «Lo voglio fare! Dimmi la formula dell'incantesimo del sonno!»

Victoria Black sentì i battiti accelerare.

«Va bene» sussurrò alla fine. «Ascolta molto bene.» E a quel punto, le svelò le parole dell'incantesimo del sonno.

«Adesso prova tu» la invitò. «Devi pronunciarlo nel modo corretto, altrimenti non funzionerà»

«*Spirisomniosa*» disse Celestine.

«Quasi» sussurrò Victoria Black. «Dillo di nuovo!»

«*Spiri-somni-osa!*» ripeté Celestine.

«Meglio» approvò lei lanciando un'occhiata alla guardia.

Celestine fece pratica ancora un po', fino a quando Victoria Black non annuì, con un luccichio di cattiveria negli occhi.

«Perfetto! Sei pronta!» esclamò.

Capitolo 37

Celestine seguì la guardia lungo il corridoio roccioso e giù per le scale e fino all'ufficio, continuando a ripetere la formula dell'incantesimo del sonno sottovoce. Non doveva dimenticarla! Tutto dipendeva dalla sua capacità di non mandare a scatafascio il piano. La guardia entrò nell'ufficio e aprì una cassaforte, prendendo la bacchetta magica di Celestine e porgendogliela.

«Sua maestà» disse.

«Grazie» rispose Celestine e prese la bacchetta con mani tremanti. Anzi, stava tremando dalla testa ai piedi. Davvero avrebbe osato scagliare un incantesimo su quel poveretto? L'altro sorrise gentilmente e cominciò a scribacchiare qualcosa su un libro, a testa bassa. Senza ulteriore indugio, Celestine alzò la bacchetta magica e gliela puntò contro.

«*Spirisomniosa!*» gridò. Un'impetuosa scarica di scintille diamantate si sprigionò dalla punta del cristallo e quel luccichio avvolse il corpo della guardia, che guardò Celestine con sorpresa giusto un attimo, per poi chiudere gli occhi e afflosciarsi sulla sedia.

Celestine abbassò lo sguardo sulla bacchetta, rapita dalla meraviglia. Non avrebbe mai immaginato che potesse fare una cosa simile!

Un'oscura emozione si fece strada in lei lentamente, fino a sfociare in una risatina incontrollata. Poi la spirilla corse dentro l'ufficio e prese le chiavi dalla cintura della guardia. Afferrò il fiore e corse più forte che poté, tornado da Victoria Black.

«Ho la chiave!» la informò col fiato corto. «Ho mandato a dormire la guardia!»

«Ottimo!» Victoria Black distese le labbra in un sorriso euforico. Celestine trafficò con la chiave nella toppa e poi spalancò la porta, precipitandosi all'interno della stanza e schiantandosi contro la sorella. Dalle loro antenne esplose il brusio di scintille diamantate, mentre si stringevano fortissimo l'una all'altra. Era elettrizzante essere di nuovo assieme.

«Dobbiamo andare!» la esortò Celestine. «Dobbiamo stanare Ursulina... io so dove si nasconde!»

«Che cosa?» esclamò Victoria Black. «Non me lo avevi detto!»

«Non c'era tempo!» si giustificò Celestine. «Dai, andiamo! Ti spiego in volo!»

«Vorrei ucciderla» grugnì Victoria Black mentre entrambe correvano lungo gli scalini rocciosi della prigione verso la notte silenziosa e limpida, che accoglieva lo scalpiccio dei loro passi. Infatti, finalmente aveva smesso di piovere e il vento si era calmato. Nell'aria si percepiva quasi un fremito, come se l'intera foresta avesse trattenuto il fiato per un momento... come se aspettasse qualcosa.

Victoria Black salì a cavallo del fiore dietro Celestine e decollarono, traballando un po'. Celestine non era abituata a pilotare con un passeggero sullo stelo e il viaggio verso il nascondiglio di Ursulina si rivelò più lento del

previsto. Volavano verso sud radente alla superficie del ruscello, uno specchio d'acqua dai riflessi arancioni sotto la luce di una luna color zucca. Alla fine, raggiunsero il distretto di Cimabrace e Celestine urlò: «Dobbiamo cercare un albero di quercia, da qualche parte lungo la sponda. Una vecchia bottega abbandonata che si chiamava Renetta!»

Dietro di lei, Victoria Black la stringeva sempre più forte.

«Eccola!» esclamò Celestine, indicando con un gesto una quercia imponente. C'era un'insegna sbiadita, appesa nella parte inferiore del tronco, proprio sopra una finestra con il vetro satinato, che recitava RENETTA.

«La botola deve essere nascosta lì!» disse Celestine scrutando una macchia di fiori annidata tra le radici. Immediatamente, volò tra i rami più alti per nascondersi alla vista. «Sapevo che saremmo arrivate prima delle autorità... Scommetto che non hanno nemmeno creduto a Dorina!»

Victoria Black saltò giù dal fiore per approdare su un ramo, su cui cominciò ad andare avanti e indietro con il respiro affannato.

«Adesso vado e *distruggo* Ursulina» ringhiò. «Le farò desiderare di non essere mai nata! Dammi la tua bacchetta, Celestine.»

Celestine abbassò lo sguardo sulla bacchetta. Sapeva che la sorella sarebbe stata in grado di usarla, proprio perché condividevano lo stesso cristallo di nascita.

«Non devi ucciderla, Victoria Black, ti prego» la implorò. «Usa l'incantesimo del sonno su di lei. Così potremo legarla e consegnarla alle autorità! Scommetto che nel suo nascondiglio ci sarà qualche prova che è stata lei a uccidere la regina. Avrà con lei il *Libro dello Spirillo*, almeno quello! E forse anche la polvere del nostro diamante. Ti conosco, Victoria Black. Per quanto tu possa odiare Ursulina, non riusciresti mai a convivere con il rimorso di averla uccisa!»

Victoria Black sospirò, allentando la tensione sul viso e afflosciando le spalle.

«D'accordo» dichiarò. «Non la ucciderò... a meno che io non abbia altra scelta!»

Celestine annuì. Era un buon compromesso, quindi consegnò la bacchetta magica alla sorella.

«Tu rimani qui» le ordinò.

«No!» replicò Celestine. «Voglio venire con te.»

«È troppo pericoloso!»

Allora, Celestine salì sopra il fiore con aria di sfida. «Non ho bisogno che tu mi protegga, non più. Voleremo e ti porterò laggiù, andiamo!»

Capitolo 38

Celestine e Victoria Black atterrarono dolcemente sul terreno vicino alla macchia di fiori selvaggi. Poi, assieme avanzarono furtivamente e scostarono gli steli e scoprirono che davvero c'era una botola nascosta per terra.

Victoria Black allungò un braccio... con molta attenzione, cominciò a sollevare l'anta. Immediatamente, una luce verde si riversò sui fiori selvatici lì vicino. Allora, Victoria Black infilò la testa nel buco dell'apertura, per scrutare al suo interno, assicurandosi di tenere ben stretta la bacchetta magica in mano.

Ursulina le dava le spalle: era seduta a un tavolo in

mezzo a una stanza angusta con la sua bacchetta magica accesa dentro un barattolo. Teneva i gomiti appoggiati alle pagine aperte del *Libro dello Spirillo* e si reggeva la testa tra le mani. Celestine aveva avvisato Victoria Black che Ursulina avrebbe avuto delle sembianze diverse quando l'avrebbe rivista, si era trasformata in Nubiflora. Ciononostante, Victoria Black fu sorpresa di vederla così. Sorpresa e *furiosa*. Infatti, la mano che reggeva la bacchetta di Celestine cominciò a tremare. Sapeva che le sarebbe bastato sussurrare le parole dell'incantesimo del sonno in quel momento e mandare a dormire Ursulina senza che nemmeno se ne accorgesse, ma qualcosa la trattenne. Aveva delle cose da dire. Voleva che Ursulina la vedesse. Silenziosamente, Victoria Black cominciò a calarsi giù, appoggiando i piedi sui pioli della scaletta appesa all'imbocco della botola.

«Che cosa fai?» mimò con le labbra Celestine, con gli occhi spalancati. La sorella si portò il dito sulle labbra e con un saltello leggero toccò il pavimento.

Allora, Ursulina girò la testa di scatto.

«Tu!» esclamò, e immediatamente fece per afferrare la bacchetta, però Victoria Black fu veloce a pronunciare una formula magica e la fece sollevare per aria in una pioggia di scintille argentate. La bacchetta di Ursulina sibilò rapida nella stanza verso Victoria Black.

«AH!» esultò quest'ultima intercettandola al volo.

Ursulina rimase immobile per un istante, confusa, guardandosi attorno in cerca della mossa successiva.

«Come hai fatto a fuggire di prigione?» riuscì a balbettare dopo qualche secondo.

«Ho i miei sistemi» rispose Victoria Black con un sorriso trionfante. «Presto ci finirai tu, Ursulina, toccherai il fondo.»

L'altra strizzò gli occhi, tanto che il glitter argentato delle ciglia brillò nella luce verde della sua bacchetta. I due scompigliati chignon rosa ai lati della testa ondeggiarono lievemente quando tentò di fare un passo verso Victoria Black.

«Non ti avvicinare» la avvisò stringendo bene entrambe le bacchette. «Se fai un altro passo verso di me ti lancio un incantesimo.»

«Tanto me lo lancerai comunque» replicò Ursulina «quindi non vedo dove sia la differenza.»

E all'improvviso si scagliò contro Victoria Black prima ancora che quest'ultima avesse il tempo di pronunciare le parole dell'incantesimo del sonno, riuscì solo a urlare. Ursulina afferrò la bacchetta con lo smeraldo e cercò di strappargliela di mano, mentre con il braccio libero stringeva il collo della sua rivale. Allora, Victoria Black cercò di urlare di nuovo ma non ci riuscì. Invece, cominciò a scalciare più forte che poté, ma inutilmente. Per un istante, guardò in su e colse lo sguardo terrorizzato di Celestine dalla botola aperta. Allora, i loro occhi si incrociarono e Victoria Black capì. Così, con un movimento lesto della mano lanciò la bacchetta di Celestine verso la legittima proprietaria, che si sporse in giù per afferrarla.

«Questa è la tua fine!» ringhiò Ursulina quando finalmente riuscì a strappare di mano la bacchetta con lo smeraldo dalla stretta di Victoria Black. « Stai per *morire*! E la stessa fine toccherà a tua sorella!» Con la bacchetta colpì il petto di Victoria Black, pronta a urlare le parole del sortilegio della morte. La spirilla si piegò in due per il dolore.

All'improvviso, dalla botola discese una pioggia di scintille argentate. Ursulina rimase senza fiato dalla sorpresa mentre veniva avvolta dai quei puntini luminosi. Allora volse lo sguardo in su e avvistò Celestine proprio un attimo prima di cadere a terra, addormentata.

«Leghiamola!» strillò Celestine mentre si precipitava giù dalla scaletta cominciando a cercare qualcosa che potessero adoperare come corda. Victoria Black si sollevò da terra ancora stordita, tenendosi la gola.

«Ha tentato di uccidermi di nuovo» gracchiò.

«Certo che lo ha fatto!» esclamò Celestine. «Avresti dovuto lanciarle l'incantesimo del sonno senza perdere tempo! Sei stata un'incosciente come al solito. Ma adesso non importa. Dobbiamo legarla!»

«Sarà fuori combattimento, per un po'» replicò Victoria Black. «Abbiamo un mucchio di tempo.»

Così, entrambe cominciarono a perlustrare la stanzetta. Era angusta, con un materasso disteso in un angolo del pavimento, una piccola scrivania con sopra dei fogli sparpagliati e uno scaffale stipato di bottigliette e barattoli pieni di veleno e ingredienti per pozioni.

«Guarda!» esclamò Victoria Black, scattando per afferrare un barattolo pieno di sabbia scintillante. «La mia polvere diamantata!»

«La *nostra* polvere diamantata» sospirò Celestine osservando il barattolo.

«E qui c'è anche quella di Ursulina» aggiunse Victoria Black indicando un'altra coppia di barattoli che contenevano della polvere verde smeraldo.

«E guarda tutti questi appunti...» disse Celestine

indicando i fogli sparsi alla rinfusa sulla scrivania. «E c'è anche il *Libro dello Spirillo*! Qui ci sono abbastanza prove da rinchiudere Ursulina in prigione a vita! Leghiamola e portiamola da Lord Astrofelio. Finalmente si convincerà che è stata Ursulina a uccidere la regina e tu sarai libera!»

Victoria Black si mordicchiò un labbro.

«In realtà... penso che dovremmo scappare» dichiarò.

«Scappare?» ribatté Celestine. «Non possiamo fuggire! Noi siamo le ultime nate da un diamante. Che ne sarà del trono? Noi abbiamo una responsabilità...»

«*Tu* hai una responsabilità» la corresse Victoria Black. «Lord Astrofelio non ha nessuna intenzione di lasciarmi avvicinare al trono, anche se non ho ucciso la regina. Io sono colpevole di altri crimini.»

«Forse» commentò la sorella. «Io vorrei governare con te, una volta che tutti sapranno finalmente la verità...»

Victoria Black quasi scoppiò a ridere. «Magari!» esclamò. «Celestine, corro ancora il rischio di essere rinchiusa in prigione. Avevo il *Libro dello Spirillo*, ricordatelo! Penso che dovremmo migrare nel mondo degli umani. Saremmo libere da Lord Astrofelio e le sue ridicole leggi. Saremmo libere da tutti gli spirilli!»

«È questo ciò che vuoi?» le chiese Celestine. «Essere libera dagli spirilli?»

«Be', non da te, naturalmente» rispose Victoria Black.

«Ma da tutti gli altri. Qui a Selva Spirilla mi sento a disagio. Io…»

«*Ssst!*» fece Celestine, alzando una mano. «Ascolta!»

Da fuori arrivò il rumore di… un urlo, un fruscio e poi una sferzata. All'improvviso, un paio di gambe apparvero sulla scaletta e uno spirillo, che indossava la tipica uniforme verde acceso della polizia con gli stivali rossi come le bacche in autunno, saltò per terra. Poi ne arrivò un altro e un altro e un altro, finché la stanzetta non si riempì! E come fanalino di coda arrivò Lord Astrofelio con Dorina al suo fianco. Victoria Black lo guardò con orrore.

«Arrestate Victoria Black!» ruggì lui, e i poliziotti sciamarono su di lei.

«Aspettate!» urlò Celestine, balzando davanti alla sorella. «Tutte e due abbiamo usato la magia del *Libro dello Spirillo*! Se arrestate lei, dovrete arrestare anche me!»

«Non dire assurdità» ribatté Lord Astrofelio.

«È Ursulina quella che dovreste arrestare!» insistette Celestine, e indicò il corpo inerme di Ursulina che giaceva sul pavimento e poi tutte le prove presenti. «Ecco la vera colpevole!»

Capitolo 39

Celestine e Victoria Black sedettero assieme davanti alla scrivania di Lord Astrofelio. I giorni appena trascorsi erano stati un vortice di investigazioni ed entrambe erano rimaste rinchiuse nell'albero di Ducadoro, circondate da un numero superiore di guardie rispetto a prima e tenute all'oscuro di quanto stesse accadendo. A Celestine fu concesso di uscire una sola volta per il funerale della regina Cassiopea, ma a Victoria Black era stato negato il permesso di attendervi. Si sentiva di nuovo in prigione

Adesso, Lord Astrofelio congiunse i polpastrelli delle

mani e le guardò mentre il sole del mattino allungava i suoi raggi dalla bassa finestra arcuata, alle sue spalle.

«Le indagini sono state completate e alcune decisioni sono state prese.»

Victoria Black sollevò un sopracciglio e fissò Lord Astrofelio con sospetto.

«Ursulina è risultata colpevole dell'omicidio della regina Cassiopea» continuò l'autorevole spirillo. «Rimarrà in prigione a vita.»

Celestine emise un sospiro di sollievo. Invece, a Victoria Black sfuggì un sorrisetto e poi guardò velocemente il pavimento, cercando di nascondere quell'espressione sotto le ciglia nere come il carbone.

«Ha incastrato Victoria Black» continuò Lord Astrofelio, sembrando alquanto deluso. «Abbiamo inviato la sua bacchetta... il suo cristallo di nascita alle Cripte e siamo stati in grado di scoprire la sua vera identità. Non si chiama affatto Ursulina. E nemmeno Nubiflora. Si chiama Sylviana Urticana.»

«Sylviana Urticana...» sussurrò Victoria Black. A pronunciarlo, quel nome le lasciò il sapore di un veleno in bocca.

«E adesso veniamo a te, Victoria Black» proseguì Lord Astrofelio. «Non proprio un esempio di innocenza.» Corrugò la fronte sopra gli occhialini a forma di mezzaluna e Victoria Black si ritrovò a contorcersi come se fosse seduta sulle spine. «Tu sei entrata in possesso del *Libro dello Spirillo* e, inoltre, hai lanciato numerosi incantesimi proibiti, arrecando molto danno a Selva Spirilla.»

Victoria Black chinò il capo. «Se dipendesse da me torneresti dritta in prigione, che è il posto che ti si addice» aggiunse Lord Astrofelio. «Ma la prossima regina, presto incoronata, ha manifestato una presa di posizione molto netta, la notte che abbiamo trovato Ursulina, quindi siamo giunti a un accordo tra i membri più autorevoli.» Victoria Black trattenne il fiato e Celestine le prese la mano e la stritolò. «Sarai libera di vivere a palazzo con Celestine, quando sarà incoronata. Ma non ti potrai allontanare» continuò Lord Astrofelio. «Né con il fiore né a piedi! E non ti sarà più permesso di possedere una bacchetta magica. Sarai bandita dalle Cripte.»

«Per sempre?!» riuscì a dire Victoria Black.

«Sì» le confermò Lord Astrofelio. «Conosci troppi segreti del *Libro dello Spirillo* perché ti sia di nuovo permesso di usare una bacchetta magica o qualsiasi altra foggia del tuo cristallo di nascita. Sarebbe pericoloso.»

Victoria Black aprì la bocca come per discutere la decisione di Lord Astrofelio, ma la richiuse di nuovo. «Lo capisco» replicò, aggrottando le sopracciglia.

Capitolo 40

Due mesi dopo…

Era quasi la Vigilia di Spirinatale e tutti gli alberi della foresta erano spogli, con i rami nudi, protesi nell'aria fredda dell'inverno. Celestine e Victoria Black erano nello spogliatoio privato, all'interno della possente quercia del palazzo reale.

«Sono nervosa» ammise Celestine mentre posava lo sguardo sulla corona che Ducadoro aveva appena consegnato. Era maestosa e bellissima, tempestata di diamanti e pietre preziose di tanti colori. Nella parte anteriore, campeggiava un gioiello puro a forma di stella iridescente, che baluginava alla luce gelida del giorno.

«Sarai grandiosa» le disse Victoria Black fissando con sguardo malinconico la corona. Era rimasta a osservare Celestine che si preparava a diventare regina, che scompariva per giorni con Lord Astrofelio in visita nei vari distretti, mentre a lei toccava rimanere rinchiusa, senza mai ottenere il permesso di uscire neanche nei giardini. Era rimasta a osservare dalle finestre la demolizione

del suo palazzo, le torrette gotiche abbattute e il mobilio rispedito al luogo di provenienza. Ed era rimasta a studiare la maggior parte degli spirilli acclamare sua sorella, come aveva immaginato sarebbe successo a lei.

«Sono sicura che presto apprezzeranno anche te» aveva affermato Celestine, ma Victoria Black non ne era sicura. Sebbene ormai tutti sapessero che la colpevole dell'uccisione della regina non era lei, erano ancora in tanti a non fidarsi. Uscivano articoli sul suo conto, una campagna diffamatoria da parte di Lord Astrofelio, sospettava Victoria Black, che raccontavano di come fosse stata lei la *Black* nel diamante, il cattivo presagio. Al contrario, Celestine era quella pura, colei che da sempre avrebbe dovuto diventare regina.

Victoria Black sapeva che non era affatto vero. Lei

era cattiva, d'accordo, ma lo stesso valeva anche per Celestine, a volte.

Naturalmente, ci sarebbero sempre stati gli spirilli che si sarebbero opposti al diritto al trono per nascita da un diamante, ma dopo tutti i fatti accaduti la maggior parte di loro desiderava solo la stabilità. Il gruppo degli oppositori si era disgregato velocemente, una volta che si era venuto a sapere che Nubiflora era un'assassina.

Victoria Black sospirò nel vedere Celestine indossare la corona.

«Spero che gli spirilli mi accetteranno come loro regina, domani» disse.

«Certo che lo faranno» la incoraggiò Victoria Black. «Tu hai salvato Selva Spirilla da Ursulina. Adesso tutti lo sanno. Sei solo un po' nervosa.»

«*Noi* abbiamo salvato Selva Spirilla da Ursulina» la corresse Celestine.

Victoria Black si strinse nelle spalle.

«A nessuno importa sapere quale è stata la mia parte» aggiunse. «Leggi i giornali!»

Celestine sorrise tristemente, era vero. Rivolse un'occhiata al riflesso di Victoria Black nello specchio.

«Mi dispiace» aggiunse. «So che questa situazione deve essere davvero difficile per te.»

«Non importa» si affrettò a replicare la sorella,

dedicando la sua attenzione a mettere un collare di gemme preziose al collo di Stardust.

«Rinuncerei a tutto, se potessi» affermò Celestine.

«Davvero?» chiese Victoria Black, fissandola negli occhi. Non era più sicura che fosse vero. Ultimamente, aveva notato dei lampi di determinazione in lei che, ne era certa, non aveva mai visto prima. In fondo al cuore, sapeva che Celestine sarebbe stata una buona regina.

«Adesso vado a letto» dichiarò, prendendo Stardust e cullandolo.

«Buonanotte» disse Celestine. Sorrise ma non si voltò a guardare la sorella, stava ancora fissando la corona nello specchio. Per un istante Victoria Black esitò, trattenendosi nella stanza un po' più del solito. Poi raggiunse la porta, sgattaiolò fuori e se la chiuse piano alle spalle.

La mattina dell'incoronazione, Celestine si svegliò presto e rimase seduta a letto. Aveva la sensazione che qualcosa non andasse, ma non avrebbe saputo dire cosa. Provò un crescente e palpitante stato di panico in petto, e non aveva niente a che fare con la cerimonia. Allungò una mano per prendere la bacchetta e accendere le luci, ma non sentì nulla. La sua bacchetta era sparita! Allora il cuore prese a batterle all'impazzata, mentre la mano tastava qualcos'altro. Qualcosa che al tatto sembrava tantissimo una lettera. La afferrò e saltò giù dal letto, precipitandosi verso la finestra per scostare le tende e fare entrare la luce argentata della luna d'inverno. Con le mani tremanti, cominciò a leggere.

Celestine,
voglio che tu sappia che lasciarti è la cosa più dolorosa che abbia mai dovuto fare. Ma non posso rimanere qui. Questo palazzo è una prigione. Mi sento soffocare. Ogni singolo respiro mi è faticoso.

Non riesco a vedere un futuro per me in un luogo in cui non mi è più permesso sentire la magia frizzare sulla punta delle dita, in cui sono ancora disprezzata da così tanti spirilli. Non sono mai appartenuta a questo posto.

Mi dispiace di aver preso la tua bacchetta, ma non avevo altra scelta. Tu puoi recarti alle Cripte e farne realizzare un'altra, a me ne serve una per andare via dalla foresta. Fuggo nel mondo degli umani.

So che abbiamo parlato della possibilità di scappare assieme, la notte in cui abbiamo trovato Ursulina. Ti prego di perdonarmi per essere andata via da sola. Io credo che tu non lo volessi, so che senti un dovere verso Selva Spirilla, come una vera regina dovrebbe.

Non mi seguire. Rimani qui e sii una buona regina. È sempre stato il tuo destino.

Ti voglio bene, Celestine. Mia gemella di diamante. L'altra metà di me. So che un po' del mio Black è anche in te.

Tua per sempre,
Victoria Black

Nel leggere le parole che aveva davanti, le lacrime scesero piano dagli occhi di Celestine e le rigarono il viso, andando a posarsi sui piedi, un luccichio argenteo sotto il riflesso della luna. Già una volta le si era spezzato il cuore, ma adesso era in frantumi, in un miliardo di pezzi.

La sua gemella di diamante.

L'altra sua metà.

Non le interessava scoprire come la sorella si fosse

impadronita della bacchetta magica. Non aveva prestato attenzione a custodirla appropriatamente, nonostante gli ordini di Lord Astrofelio di tenerla sempre vicina e chiusa a chiave durante la notte. Percepiva che Victoria Black si sentisse in trappola e non aveva dubbi che fosse abbastanza intelligente da aggirare le guardie del palazzo e raggiungere il confine. Con una bacchetta magica nessuno l'avrebbe fermata. Malgrado il dolore che provava, Celestine sentì un pizzico di orgoglio per la sorella coraggiosa e spericolata.

Così, tirò su con il naso e si asciugò gli occhi, doveva smettere di piangere. Il cielo cominciava a illuminarsi, diventando rosa come zucchero filato. Già da quel momento la folla avrebbe iniziato a radunarsi all'esterno, lungo il viale. Se Victoria Black era fuggita durante la notte, allora adesso era molto lontana. Infatti, avrebbe impiegato solo poche ore per volare fino al confine, andando alla massima velocità sul fiore. Sul fiore di Celestine, per la precisione. O forse aveva scelto di fuggire su una barca, navigando le acque argentine del ruscello nel cuore della notte. In ogni caso, adesso con molta probabilità si trovava già nel mondo degli umani, lontana dalle leggi di Selva Spirilla.

Libera di essere se stessa in modo superbo e scintillante.

Capitolo 41

Celestine era in attesa dietro tende pesanti, davanti alle alte imposte che davano su un balcone. Lo stesso balcone dal quale si era affacciata la regina Cassiopea durante il ballo dei diplomi, ormai molti mesi prima. Celestine sentì una fitta al petto al pensiero di ciò che sarebbe accaduto e, dopo che l'agitazione fu svanita, arrivò un pizzico di irritazione per il fatto che stava per affrontare quella situazione al posto di Victoria Black. Quindi da sola. Come al solito. Allora si girò e alle sue spalle colse lo sguardo dei suoi amici lì vicino, che le sorridevano per incoraggiarla. Tilla, Tiska, Burnetto, Ruby e

Dorina. Non era da sola, le sovvenne. Aveva degli amici. Era Victoria Black che sarebbe rimasta da sola.

«Sei pronta?» le chiese Lord Astrofelio, con la voce controllata da una malcelata rabbia. Infatti, si era molto infuriato, quando lei gli aveva detto che Victoria Black era fuggita, ma adesso non ci poteva fare niente.

Celestine annuì.

Le tende si alzarono. In basso, radunati in ogni angolo del viale, c'erano gli spirilli, una marea che si stendeva a perdita d'occhio, che guardavano e attendevano nell'aria fresca del mattino. Si fece avanti una guardia e alzò il chiavistello per aprire le imposte, per far uscire Celestine sul balcone. Un boato assordante fugò ogni timore della regina di poter essere rifiutata. Centinaia, no, *migliaia* di spirilli erano lì fuori, pronti ad acclamarla. Lei sorrise, un sorriso spontaneo e pieno di gratitudine. Avrebbe fatto del suo meglio per ciascuno di loro.

Lord Astrofelio avanzò sul balcone assieme ad alcuni dei membri più anziani delle autorità e al principe Arturo. Aveva un'aria triste e tesa, però nonostante tutti gli ultimi accadimenti il suo viso rimaneva bonario. Seguì Ducadoro, che reggeva la nuova corona. Era di oro giallo e scintillante, con un intarsio di foglie, bacche, ghiande e dracoletti tra le pietre incastonate, mentre la base era rifinita da una morbida pelliccia bianca. Con molta attenzione, Lord Astrofelio la sollevò per aria, reggendola così per un momento in modo che i diamanti scintillassero alla luce del giorno e poi la poggiò delicatamente sul capo di Celestine. La folla esultò e una marea di antenne scoppiettarono come fuochi d'artificio.

All'improvviso, il cielo si aprì e cominciò a nevicare. Grandi fiocchi di neve in un brillante e lento turbinio andavano a posarsi leggeri sulle teste degli spirilli e sui rami spogli degli alberi circostanti. Celestine rimase immobile a guardare, tremando per il freddo, osservando il suo regno che si trasformava in un candido gioiello innevato. Che stesse nevicando anche nel mondo degli umani?

Sua sorella sarebbe stata al calduccio là fuori, tutta sola? Sperò che fosse così. E più di ogni altra cosa, sperò che un giorno avrebbero trovato la via che le avrebbe ricongiunte.

Victoria Black si librò alta nel cielo sorridendo, con il mantello nero che si increspava alle sue spalle, minacciosamente. Sul capo portava la corona che Celestine aveva realizzato per lei, splendente e scintillante alla luce del mattino.

Era diverso, lì fuori. Victoria Black scorse case squadrate come scatole e serpentine di strade grigie. E uccelli! Non aveva mai visto degli uccelli prima di quel momento… gigantesche creature volanti munite di becchi appuntiti. E poi tutto era così enorme! E che cosa si intravedeva all'orizzonte? Una linea scintillante di un blu come d'acciaio. Poteva essere il mare? Era più vasto di quanto avesse mai potuto immaginare!

Victoria Black si resse forte allo stelo del suo fiore con una mano e con l'altra strinse Stardust al petto. Stava cominciando a nevicare, grandi e grossi fiocchi di neve le frustavano le guance e le pungevano le orecchie. Si chiese se stesse nevicando anche a Selva Spirilla. Per l'incoronazione di Celestine sarebbe stato molto bello. Al pensiero della sorella, gli occhi di Victoria Black si riempirono di lacrime e lei velocemente le cacciò via, sbattendo le palpebre. Celestine sarebbe stata bene senza di lei. Era stata la cosa giusta da fare, lasciare la foresta. E un giorno, forse e con un po' di ottimismo, avrebbero trovato la via che le avrebbe ricongiunte.

Victoria Black si lasciò andare a un sorriso sicuro e cupo e alzò il capo con fierezza, mentre volava veloce in mezzo ai fiocchi di neve, verso il mare.

Lei era libera!

Ringraziamenti

Un enorme e luccicante grazie alla mia meravigliosa editor Clare, che mi ha dato la spinta per cominciare a scrivere questo libro e che mi ha incoraggiata nel lavoro di fine cesello, fino a scorgere la chiara scintilla del diamante che vi si celava. Un grazie anche a Lizzie per avere reso la copertina e le illustrazioni delle pagine interne splendenti delle sue brillanti qualità artistiche! E grazie a voi tutti alla OUP per avere accompagnato questo libro e per aver creduto nel mio lavoro e in Victoria Black sin dall'inizio.

Grazie alla mia adorabile (e sempre stilosa!) agente Jodie e alla squadra della United Agents perché fanno in modo che le cose filino lisce da dietro le quinte e per seguirmi così bene nel mondo dell'editoria!

Un grazie speciale e scintillante ai miei nonni per essere i fan numero uno di Victoria Black! Per avermi permesso di seguire i miei sogni e di esplorare le mie passioni nel tempo, anche se potevano sembrare strambe all'inizio.

Grazie al resto della mia famiglia. E grazie ai miei amici, siete una fonte di ispirazione!

Un grazie scoppiettante a mio marito, sempre paziente e carino, che tiene unita la nostra piccola famiglia, mentre io mi permetto di stare nella mia bolla creativa per la maggior parte del tempo. Non avrei potuto scrivere questo libro senza il tuo aiuto!

E grazie alla mia piccola Celestine Stardust, per esistere e per essere la figlia più magica che avessi mai potuto desiderare.

E infine, grazie a te che leggi. Grazie per avere scelto questo libro e per avergli dato una possibilità. Spero che l'avventura a Selva Spirilla sia stata entusiasmante.

Harriet Muncaster

Harriet Muncaster è un'autrice e illustratrice che ha raggiunto una fama internazionale e ha ottenuto numerosi premi. Ha trascorso la sua infanzia a disegnare, scrivere e a creare mondi piccolissimi per creature minuscole.

Vive tra le bellissime colline della contea di Bedfordshire, in Inghilterra, con il marito e la figlia.